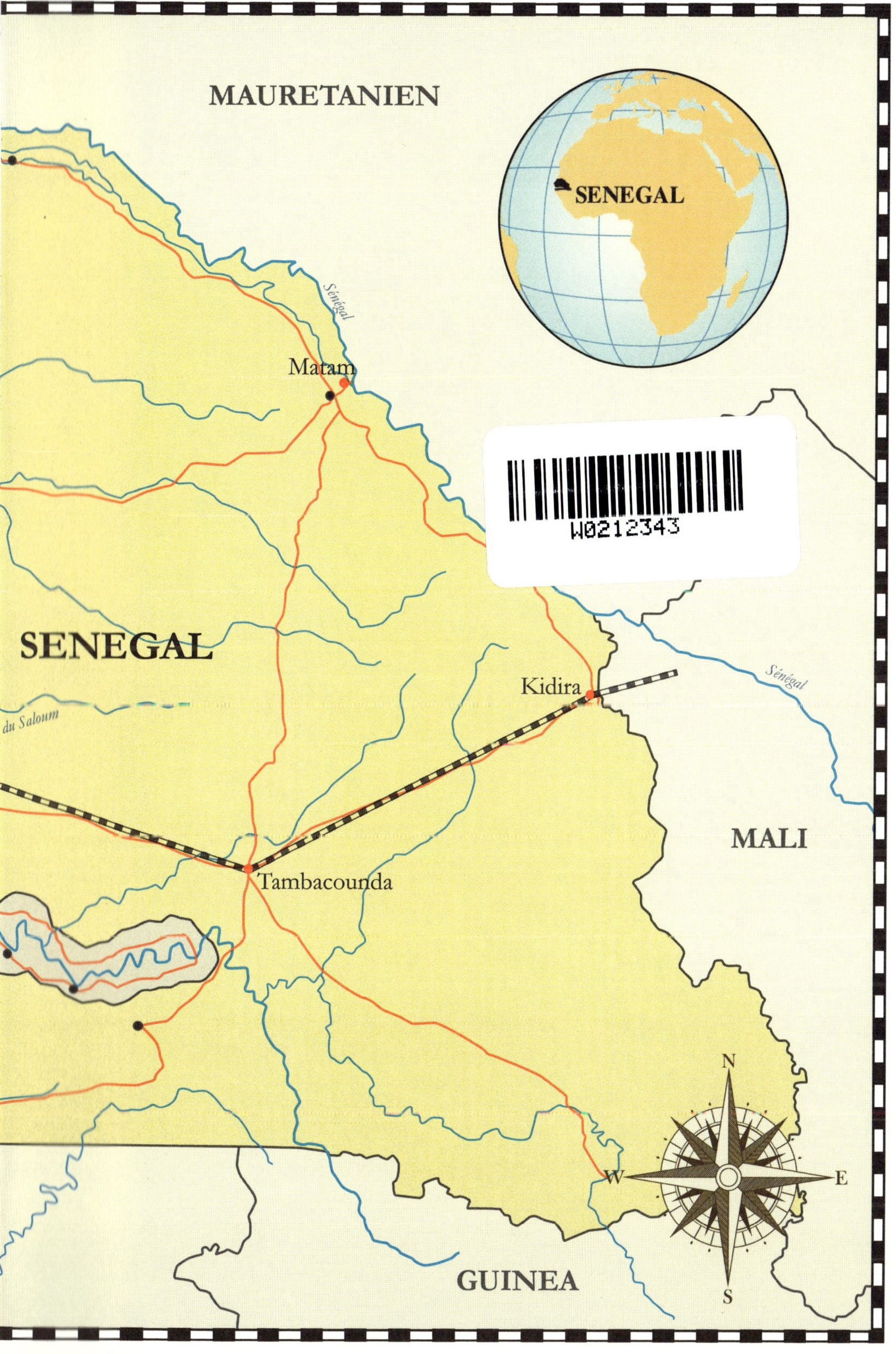
MAURETANIEN
SENEGAL
Sénégal
Matam
SENEGAL
Kidira
Sénégal
du Saloum
MALI
Tambacounda
N
W
E
S
GUINEA

Bernd Hansen

Gandiole

Bernd Hansen

Gandiole

Menschen am Senegal

A1 Verlag

Inhalt

Am Senegal 7

Ein anderer wäre verrückt geworden 13

Almata – der Vater darf es nicht erfahren 22

Der Mann an der Kurve 29

Aissa 35

Remi und Hyacinte 41

Barcelona oder der Tod 51

Malick – wir werden dich töten! 62

Mit Bayal am Wasser 85

Die Toubab 99

Lamine 108

Seyna möchte ans Meer 121

Die Erfahrungen des Monsieur Gérard 131

Begegnung 144

Antras Lächeln 148

Nachts unterwegs 161

Vor der Regenzeit 169

Nachwort 183

Farbiger Bildteil 185

AIDE GANDIOLE 199

Danksagung 201

Glossar 202

Plötzlich haben mich die Geschichten der Dörfler nicht nur fasziniert. Sie erweckten gleichzeitig das Feuer in mir, es ihnen gleichzutun, nämlich ebenso schöne Geschichten zu erzählen wie sie über die Liebe, das Leben und den Tod, über ihre beschwerlichen Reisen auf dem Rücken der Esel, über ihre zerbrochenen Träume, ihre Ängste und düsteren Ahnungen angesichts der Widrigkeiten der Zeit.

Hassouna Mosbahi

Für Kristin, Jan-Henrik und all die anderen, die sich für die Menschen in Gandiole großherzig einsetzen

Am Senegal

Auf fließendes Wasser, vorbeidrängende Fluten und Wirbel, sich ineinander verknäuelnde Strömungen zu blicken, mochte ich schon immer. Dort denke ich anders, hänge Gedanken nach, die anderswo nicht auftauchen, kann abschalten und Erinnerungen, die mich überschwemmen, wie Treibgut davonziehen lassen, mich beruhigen, wieder ich werden. Deshalb hatte ich zugegriffen, als sich die Möglichkeit auftat, am Senegal ein Haus zu erwerben.

Für die Menschen in den Dörfern, die das Ufer säumen, und in der Stadt *Saint-Louis* ist der Fluss die Lebensader. Anders als ich müssen sie keinem Burn-out vorbeugen, in der Abgeschiedenheit und Ruhe keine neuen Kräfte sammeln, sondern arbeiten: Holz zuschneiden, Planken an den ausgeschälten Stamm von Tropenbäumen fügen, Fugen teeren, *Pirogen* zimmern. Danach sind die Maler an der Reihe und, kaum ist die Farbe der Ornamente trocken, gleiten die bunten Boote vorüber, am Heck aufrecht und gleichmütig der Skipper, der ein in den Himmel ragendes Ästegewirr, in Ballen geraffte Netze oder mit sich beschäftigte Touristen flussabwärts führt. Oder gegen die Strömung ankämpft, vorbei an den kargen Böden, auf denen sich die Pflanzer bücken, vorbei an in roten Netzen gestapelten Zwiebeln und zu Pyramiden gerafften Salzkrusten. Das Salz blieb aus den Prielen zurück, die sich zuletzt rosa verfärbten wie das Gefieder der Flamingos, die bereits zuvor dem in der Sonne allmählich vertrocknenden Salzsee entflohen waren. Am Strand ziehen Eselskarren und, hinter den Dünen, die Hirten mit ihren Zebus, deren Rippen sich unter der Haut wie die Wellen der Sandpisten aufwölben. Sie tun sich schwer zwischen den Kakteen, dem dornigen Gestrüpp und den vereinzelten Büschen, die fast an das brackige Wasser bis hin zur früheren Mündung angrenzen, dort, wo sich der Fluss bis vor wenigen Jahren noch mit dem Atlantik vermengte und in dessen Weite versickerte.

Damals hatte ich erkannt, dass der Fluss das Meer auf Abstand hielt. Seine letzte Wegstrecke floss er hierzu parallel, überlegte, zögerte, weigerte sich, dem Atlantik seine Fluten zu früh anzuvertrauen, unaufhörlich bemüht, den darin suspendierten Sand zur See hin abzuladen, um eine massive Dünenzunge als mehrere Hundert Meter tiefe Abgrenzung zum offenen Meer zu errichten: eine wie mit dem Lineal gezogene, pfeilgerade Sandbarre, die Fluss und Meer trennt. Über die Zeit ist die Langue de Barbarie, wie die Nehrung genannt wird, auf eine Länge von fast dreißig Kilometern angewachsen. An ihrem Ende, wo das Einswerden mit dem Meer unvermeidbar wurde, zog sich der Fluss – Strom müsste ich ihn angesichts seiner Breite nennen – zu einem Flaschenhals zusammen und presste seine Fluten wie durch eine Düse in tückischen Wirbeln aus. Den größeren Teil der immensen Wassermassen führte er ungesehen in das Meer ein: Sie versickerten im sandigen Untergrund der Mündung, dort wo Fluss, Meer, Sand und Himmel ineinander überwechseln, an grauen Tagen, im morgendlichen Dunst und wenn abends das Tageslicht verwischt, kaum voneinander zu unterscheiden. Und selbst noch dort, dem für mich mystischen Ort, ließ der Fluss die See über lange Zeit nicht eindringen.

Weil seine Quellen im Süden entspringen, wo in der Regenzeit ein maßloser Himmel seine Schleusen täglich öffnet, führte er über fünf, sechs, sieben Monate hinweg Hochwasser, das er einer unaufhörlich fließenden Welle gleich in das Meer einstürzen ließ. In dieser Zeit leckte die gelbtrübe Zunge des Süßwassers Tag und Nacht tief in den blaugrün schimmernden Atlantik hinein. Ungezügelte Wassermassen überschwemmten die flussnahen Dörfer und ließen, in und hinter diesen, salzige Seen aus dem Grundwasser aufsteigen. Selbst in Saint-Louis, das er mit mehreren Armen durchströmt, zeigte der Fluss, wie mühelos er in Straßen, Gärten, Häuser und, ohne Respekt, in die ufernahen Moscheen und über die Treppen der Kathedrale fließen konnte.

Das ist nun vorbei: In ihrer Not durchstachen die Städter die Dünen der Langue de Barbarie kurz hinter Saint-Louis. Sie schufen so einen nur wenige Meter breiten Verbindungskanal, um einen Teil des unkontrollierten Wassers des Flusses weit vor seiner Mündung seitlich in den Atlantik zu lenken. Die Bürger der Stadt hatten sich auf die Seite des Meeres geschlagen. Wie bei zwei Personen im Streit, in den sich ein Dritter einmischt, gegen den sich alsbald beide Streitparteien wenden, entwurzelten darauf Fluss und Meer das dortige Buschwerk und rissen den schmalen Stichkanal in die Breite. Noch lange Zeit trieben die Wurzelstrünke in den vereinten Wassern, verhedderten und zerrissen immer wieder die Netze der Fischer. Andere landeten an und ragen als groteske Skulpturen an der Meereslinie auf. Über mehr als einen Kilometer hinweg vereinen sich heute die Wasserfluten an dieser frühen Bresche. Den bisherigen über alle Zeiten offenen Mündungstrichter schloss der Fluss mit Sand. Dem vorzeitigen, jetzt seitlichen Ein- und Ausfließen des Meeres setzt der Senegal nichts mehr entgegen. Er wehrt sich nicht dagegen, dass die Ebbe über Dutzende von Metern seine Uferbereiche entblößt, Schnecken, Einsiedlerkrebse und Flusskrabben im Morast und in den Prielen zurücklässt. Dass bei Starkwind, Voll- und Neumond die Meeresfluten an sein landseitiges Ufer anbranden, es im Rhythmus der Wellen aushöhlen und wie im Tagebau abtragen. Und dass sein Bett das ganze Jahr nur mehr Brackwasser führt, die spärlichen Pflanzungen am Ufer nicht mehr zu wässern sind.

Von der neu geschaffenen bis zur geschlossenen alten Mündung erstreckt sich der Fluss jetzt als breite Lagune, als meist ruhige Sackstraße aus Wasser. Seine Oberfläche gleicht dann einem silbernen Spiegel, in dem sich die am Himmel ziehenden weißen Wolken wie Wattebäusche abbilden. Doch fast übergangslos kann der Fluss ein vollkommen anderes Gesicht zeigen: Hohe Wellen türmen sich, ihre weiße Gischt sprüht im böigen Wind auf, bevor die Dünung an die Ufer schlägt. Dann wird es für die Fischer gefährlich, mit ihren Pirogen den Fluss zu queren. Ihre ausgelegten Netze verknüllen sich zu unentwirrbaren Kunststoffballen, und sie können die zum Fang der Tintenfische in die Tiefe abgesenkten Käfige nicht mehr fassen.

So wie der Fluss verharrt auch die Region Gandiole nicht in ständiger Ruhe. Das Dorf gleichen Namens wächst am Saum des Wassers in beide Richtungen. Vereinzelt siedeln sich *Toubabs* an seinen Rändern an, bepflanzen die angrenzenden Uferstreifen und erholen sich auf eigenen Feriengrundstücken. Kleine Pensionen entstehen, die – jetzt sind es noch wenige – Touristen aufnehmen. Zusätzlich zu den Grundschulen werden die unzähligen Kinder, die zuvor die Koranschule besuchten, in einem *collège* unterrichtet. Die in den Pausen und nach Schulschluss lässig herausschlendernden jungen Leute – Senegals Zukunft – geben ein vielfarbiges Bild. Zunehmend weniger ist es von den traditionellen *boubous,* Kopftüchern und Kaftanen geprägt. In engen, knallfarbigen Hosen die Mädchen, mit großen Sonnenbrillen und tief hängenden, ausgebleichten Jeans die Burschen, zeigen die Jugendlichen, dass sie auch in Gandiole „cool" sind. Anscheinend unbedrängt von vage aufwallenden Ängsten, später mutmaßlich keine und wenn, nur schlecht bezahlte Arbeit ohne Perspektive zu finden. Alle wissen sie jedoch, dass zwei Mal schon eine bis auf den letzten Winkel besetzte Piroge heimlich Gandiole über den Fluss verlassen, das offene Meer überquert und auf den Kanarischen Inseln in einer, wie sie annehmen, besseren Zukunft angekommen ist. Und dass eine dritte verloren ging. Im Internet war später das gekenterte Boot zu sehen, nicht jedoch die Reihe der zahlreich am Strand aufgereihten Ertrunkenen. Von keinem der einhundertdreiundachtzig Passagiere hat man je wieder gehört. Manche der Eltern, die erst später erfuhren, dass auch ein Mitglied ihrer Familie an Bord gewesen war, weigern sich noch immer eine Trauerfeier abzuhalten, lassen sich die Hoffnung auf ein Wiedersehen nicht nehmen. Beten und warten. Auch wenn der Wind weiterhin das rhythmische Tamtam der Hochzeitsfeiern, Taufen, der Empfänge und muslimischen Feste durchs Dorf trägt, liegt doch ein Trauerschleier über den Hütten und Häusern. Kaum eine Familie, die keinen Verlust beklagt, darunter solche, die vier Söhne oder ihr einziges Kind verloren haben.

Wie die Freundschaft bei Menschen ist die Beziehung zwischen Gandiole und dem Senegalfluss manchmal harmonisch, zu anderen Zeiten belastet. Gandioles Bürger verfolgen derzeit angstvoll, was sich unmittelbar vor ihnen zusammenbraut: Der flussaufwärts gelegene Meereszugang, der die Langue de Barbarie durchschneidet, hat zu wandern begonnen. An der Nordseite der Mündung lagert sich Sand an, auf der gegenüberliegenden Südseite wird er abgetragen. Mit der Geschwindigkeit von etwa einem Kilometer pro Jahr verschiebt sich die Bresche wie ein vor der Küstenlinie entlangschipperndes Schiff. Vor Kurzem haben Fluss und Meer, südlich von der ersten, eine zweite Bresche gerissen, die sich mit erschreckend hoher Geschwindigkeit nach Gandiole hin ausweitet. Noch liegt das hierdurch geschaffene Inselstück zwischen den neu entstandenen Flussmündungen, falls jedoch auch dieses überflutet wird, vereinigen sich Atlantik und Senegal in einem gewaltigen Delta. Das offene Meer kann dann vor Gandiole, das über zweihundert Jahre durch die Sandbarre geschützt war, mit den Gezeiten noch ungehinderter aus- und einfluten und seine atlantischen Brecher mit der Wucht der nachdrängenden Wassermassen in das Dorf hineinwalzen. Die ufernahen Häuser stehen dort in sandigem Untergrund auf Meereshöhe. Angst geht um. „Es ist

Sache der Regierung, hier einzugreifen", sagt Doudou Kâ, Gandioles Bürgermeister. „Die Regierung hat kein Geld", sagt der zuständige Minister, der bereits drei Mal vor Ort war. Als ob die Bewohner der Region nicht ohnehin schon Sorgen genug hätten.

Ein anderer wäre verrückt geworden

I

Als die Nachricht wie eine aus dem Nichts kommende, dunkle Flutwelle in Gandiole eindrang, erhob sich großes Wehklagen. Am gegenüberliegenden Ufer hatte die Strömung eine *Piroge* angetrieben. Sie lag tief im Wasser und schien führungslos, vom Dorf aus waren darin keine Menschen auszumachen. Den rasch mit ihren Booten eintreffenden Fischern stockte das Blut in den Adern: In den eigenen Netzen verheddert, in dem am Schiffsboden aufgestauten Wasser schwebten vier Männer mit weit aufgerissenen Augen, offenen Mündern, die Hände in den Maschen verkrümmt, reglos, tot, ertrunken. Alle aus dem Dorf. Einer fehlte.

Am Tag zuvor waren fünf Männer spätnachmittags mit ihrer Piroge ausgelaufen. Fröhlich winkend, alle fünf aus der gleichen Familie. Zwei Söhne, ein jüngerer und ein älterer Bruder sowie ein Cousin von Youssou Fall. Sie hatten vorgehabt, noch vor Sonnenuntergang die Mündung des Flusses zu durchfahren, um das offene Meer zu erreichen. Dort wollten sie ihre Netze auswerfen und auch angeln. Danach, einige Tage später, mit ihrem Fang ins Dorf zurückkehren. Die übliche Routine.

Wo war der fünfte Fischer abgeblieben? Samba, der Cousin von Youssou. War er dem Unglück entronnen, hatte er sich retten können? Trieb er im Fluss, in den Strömungen und Strudeln der Mündung, hatten ihn die Fluten in die offene See geschwemmt? Hatte er an ein Flussufer schwimmen können?

Auf der Suche nach dem fünften Mann tuckerten die Pirogen der Dorfbewohner an beiden Ufern entlang. Vorbei an dem Röhricht der Schilfgürtel, die sich wie aufschießende Spargel ins Wasser hineinziehen, an den sich öffnenden Lagunen und den halb vertrockneten Strandkiefern, deren Wurzelwerk das Wasser freigelegt hat. Angestrengt starrten die Männer in das vorübergleitende Buschwerk, über den von den Wellen zurückgelassenen grauen Schaum, das angelandete Treibholz und die dort hockenden Vögel. Wo war Samba? Sie redeten sich ein, dass sie ihn finden würden. Hoffentlich! Wenn er das Ufer hatte erreichen können, musste er sehr erschöpft sein. Die Kälte des Wassers, völlig ausgekühlt. Aber er musste wissen, dass sie ihn suchten, dass Hilfe kommen würde, dachten die Fischer. Sie mochten sich jetzt nicht ausmalen, dass auch die Ufer im Gebiet der Mündung nicht sicher waren, sich im Morast und da und dort im Treibsand verloren.

Immer wieder setzten die Pirogen am Ufer Männer ab. Auch das hinter dem meerseitigen Flussufer mannshoch aufsteigende Buschwerk durchstreiften sie. Samba war jedoch nicht zu finden. Nirgends. Nicht an den Ufersäumen, nicht auf der Vogelinsel mitten im Fluss, wo das Geschrei tausender Vögel das Mündungsgebiet ankündigt. Nicht im Buschwerk und nicht auf der Meeresseite der Langue de Barbarie, die den Fluss vom Atlantik trennt. Nicht im Fluss und nicht in den Strömungen der Mündung. So weit ihr Blick auf die offene See reichte, war niemand zu sehen. Die Mündungsschwelle selbst konnten die Pirogen nicht durchqueren. An diesem Tag war das Meer in Aufruhr, hohe Wellen und starke Böen setzten sich in unberechenbaren Strömungen und tückischen Strudeln fort. Die Fischer mochten es sich nicht eingestehen, aber es war nicht zu ändern. Sie mussten es hinnehmen. Niemand konnte Samba finden. Schon gar nicht Youssou, der, inmitten des Wehklagens der Frauen und Kinder, verstört und fassungslos im Dorf zurückgeblieben war. Es gab keine Spur. Samba blieb verschollen.

Neun Tage später wurde eine Leiche angetrieben, Dutzende von Kilometern südlich des Mündungsgebietes, am Strand auf der Höhe von Louga. Die Flut hatte sie auf das Ufer geschoben und sich danach aus der Wolke süßlichen Gestanks zurückgezogen. Auf der Suche nach Treibgut hatte sich ein Strandgänger über die angeschwemmte helle Decke gefreut, die sich beim Näherkommen als eine Ansammlung aufgeschreckter gelber Meereskrabben erwies und einen leblosen Körper freilegte. Unter der aufgezwickten, schwarz verfärbten Schädeldecke grinsten zwei makellose Zahnreihen, ihnen hatten die gierigen Tiere nichts anhaben können. Darüber leere Augenhöhlen, und dort, wo die Nase gewesen war, ein planes, knöchernes Dreieck. Keine Lippen, auf dem Schädel nirgends mehr Haut. Der geblähte Bauch hatte das Hemd unter den Trägern des Ölzeugs hochgeschoben, anstelle der Brustwarzen führten zwei kreisrunde Löcher tief in den Brustkorb. Die aus dem Schutzanzug ragenden Finger liefen in flachen, dünnen Fäden aus, die Zehen waren abgebissen.

Als Youssou den Toten identifizierte, zitterte er am ganzen Körper, lange danach war er wie gelähmt und tagelang nicht mehr ansprechbar. Ja, es war Samba.

II

Mutmaßlich hatte die Piroge die Mündung zu spät, im abnehmenden Licht, vielleicht auch erst in der mondlosen Nacht erreicht. War dort auf einer Sandbank aufgesessen. In den durch aufgewirbelten Sand trüben Wasserfluten war eine sichere Fahrrinne nicht zu erkennen gewesen. Wahrscheinlich überspülte ein kräftiger Brecher das gestrandete und manövrierunfähige Boot, die Wassermassen rissen die Netze über die Besatzung. In dem Januar-kalten Meerwasser konnten sich die Männer aus dieser tödlichen Umhüllung nicht mehr befreien. So wie sie es eigentlich den Fischen im offenen Meer zugedacht hatten. Samba musste der Brecher von Bord geschwemmt haben. Der Schub der Wassermassen des Flusses hatte ihn danach ins Meer hinausgetrieben, und die Flut ihn später an den Strand zurückgespült. Ja, so in etwa dürfte es gewesen sein. Wahrscheinlich. Genau weiß das niemand.

Youssou kenne ich, seit ich an den Fluss fahre. In besseren Zeiten ist er Chef der Fischereivereinigung in Gandiole gewesen. Das Dorf war damals noch eines der Zentren des Fischfangs im Senegal. Er besaß vier Pirogen und die Motoren dazu. „Wenn die Zeiten gut sind, scharen sich viele Freunde um dich", sagt er heute. „Nicht alle sind wirkliche Freunde."

Youssou war zu Recht angesehen: Nachbarn, die nicht so viel Glück im Leben hatten, Fischer, deren Netze über längere Zeit leer geblieben sind, die Alten im Dorf, alle hat er mit Fisch versorgt. „Als guter Moslem teilt man, was man hat", sagt er auch. Deshalb ist er beliebt gewesen, wieder und wieder wurde er als Chef der Fischereivereinigung bestätigt. Beliebt war er insbesondere bei den Frauen! Groß und breitschultrig mit kräftigen Oberarmen, so sahen sie ihn am Ruder auf dem Heck der Piroge stehen. Wenn das Boot auslief oder, die Kästen mit Fisch gefüllt, vom Fang zurückkehrte. Aussehen, Männlichkeit, Stellung, in welcher Reihenfolge auch immer, dass er die Schönen des Dorfes anzog, war mehr als verständlich.

Seinen Erfolg genießend, hat er nach und nach noch eine Frau dazugenommen. Vier Ehefrauen waren es zuletzt. In getrennten Häusern lebten sie mit ihm in Harmonie, zumal Youssou die zwei Tage mit jeder von ihnen in regelmäßiger Abfolge peinlich genau eingehalten hat. Ohne eine vorzuziehen. So wie es der Koran vorschreibt.

III

Seit dem Unglück hat Youssou keine Piroge mehr geführt. Er fischt nicht mehr. Meidet das Meer. Gelegentlich sieht man ihn wie einen einsamen Mönch am Ufer des Flusses im langen, dunklen Kaftan entlangschreiten. Mit gebeugtem Kopf, tief in Gedanken versunken.

Youssou bleibt jetzt auch viel zu Hause. Dort hat er seinen greisen, kranken Vater gepflegt und danach, als dieser ins Krankenhaus der nahen Stadt eingeliefert werden musste, über eineinhalb Jahre in seinem Zimmer im Krankenhaus geschlafen. Bis sein Vater erlöst wurde. In dem auf den Unfall folgenden Jahrzehnt sind auch drei seiner Frauen verstorben. Nach dem Unglück konnte Youssou sie nicht mehr versorgen, er hat sie sich selbst überlassen.

Wenn mich Youssou besucht, bringt er keinen frischen Fisch mit wie früher, sondern manchmal eine Mango. Von dem einzigen Baum, der im Hof seines Hauses wächst. Von dessen Mauern sind Farbe und Putz abgeblättert, die Decke eines Zimmers ist eingestürzt.

„Ein anderer wäre verrückt geworden", sagt Youssou. „Meine ganze Familie mit einem Schlag ausgelöscht. *C'est Dieu qui l'a fait.*" Gott hat es so gewollt. „Du weißt, wir Afrikaner leben in unseren Familien. Wir sehen uns täglich. Abends sitzen wir zusammen und essen alle aus einem Topf." Wenn ein großer Teil der Familie fehlt und niemals wiederkehrt, ist das kaum zu ertragen, denke ich. Jeden Abend wird er aufs Neue daran erinnert.

Als ich ihn vorsichtig frage, wie er durch die Nacht kommt, zögert er mit der Antwort, senkt den Kopf, stützt ihn zwischen beiden Händen. „Jede Nacht, fast jede Nacht, obwohl es mehr als zehn Jahre zurückliegt, verfolgt mich das gleiche Bild. Es kehrt immer wieder, terrorisiert und quält mich: Die Männer kauern in der Piroge. Das Boot sitzt fest und schaukelt in den Wellen. Wie aus dem Nichts schlägt ein Brecher über das Boot, das sich augenblicklich mit Wasser füllt. Die Männer haben die Welle nicht kommen sehen. Ich sehe sie unter dem Netz. Meine Söhne und meine Brüder zappeln darin wie Fische. Sie können das Netz nicht zerreißen. Verzweifelt versuchen sie, völlig unter Wasser, sich zu befreien. Aber sie verheddern sich immer mehr. Ich sehe sie alle, als ob ich selbst dabei wäre. Sie geben nicht auf. Bis sie sich nicht mehr wehren können. Einer nach dem anderen. Mit weit aufgerissenen Augen und offenen Mündern schweben sie unter dem grünen Netz."

Youssou ist nun still, es zuckt um seine Augen. Nach einer Weile sagt er leise: „Dann schrecke ich auf und bin sofort hellwach. Danach kann ich nicht mehr einschlafen." Er kramt ein vergilbtes Foto aus der Innentasche seines Kaftans hervor. „Hier ist die Besatzung. Das Bild wurde zwei oder drei Monate vor dem Unglück gemacht." Er zeigt auf zwei schlaksige hochgewachsene Burschen. „Dieser und dieser waren meine Söhne. Keiner der Männer wollte sterben. Niemand hat mit einem solchen Unglück gerechnet. Sie hatten doch alle noch ihr Leben vor sich." Wieder ist Youssou verstummt, verbirgt erneut seinen Kopf in den Händen. Ich lege meine Hand auf seine. „Weißt du, ich habe gedacht, wenn ich alt bin, werden mir meine Söhne helfen. Uns versorgen, wenn wir nicht mehr arbeiten können. Wir haben kein anderes System. Es ist ein großes Unglück. Jetzt muss ich ohne sie zurechtkommen. Um dem schrecklichen Traum zu entgehen, stehe ich nachts oft auf. Es spielt sich immer das Gleiche ab. Ich bin müde und schlafe gut ein. Nach vier oder fünf Stunden wache ich auf. Wenn der Schlaf danach zurückkommt, ist der Traum da. Jede Nacht. Jede Nacht sehe ich meine Söhne und meine Brüder im Netz zappeln. Unter Wasser, sie können sich nicht befreien. Sie ertrinken. Dann bin ich hellwach und völlig erschöpft. Deshalb stehe ich häufig auf, wenn ich das erste Mal aufwache, damit der Traum nicht kommt. Am frühen Morgen wandere ich den Fluss entlang oder sitze auf einem Stuhl vor meinem Haus, bis der Tag anbricht. Ein anderer wäre längst verrückt geworden."

IV

„Wenn ich manchmal einen Fisch esse und dessen weiße, trübverfärbte Augen sehe und das aufgerissene Maul, muss ich wieder daran denken: wie sie ertrunken sind und wie ich sie als Erster, vor allen anderen Fischern, gefunden habe. Als die Piroge am gegenüberliegenden Ufer trieb, scheinbar ohne Besatzung. Ich wusste sofort, dass es eine meiner Pirogen war und dass etwas passiert sein musste. Denn ich konnte sie nicht sehen, die Männer, weil sie ertrunken waren. Dann schweben sie wieder vor mir, mit ihren glasigen weiß-trüben Augen und den aufgerissenen Mündern unter dem Netz.

Und wenn ich am Fluss entlangwandere und am Ufer einen angeschwemmten Fisch oder eine über Bord gefallene, tote Ziege sehe, denke ich: wie Samba, mein Cousin. So hat er am Strand gelegen. So haben sie ihn gefunden. Auf der Höhe von Louga. Das Bild verfolgt mich. Ein anderer wäre längst verrückt geworden."

V

„Es gibt auch Leute im Dorf", sagt Youssou, „die nicht ungern gesehen haben, was mir zugestoßen ist. Natürlich haben sie es nicht offen gezeigt und damals in das allgemeine Wehklagen im Dorf miteingestimmt. Aber ich kenne sie. Manchmal schicken sie mir einen großen Fisch, als Geschenk. In Wirklichkeit wollen sie mir nichts Gutes tun, treffen wollen sie mich. Mich in die Gedanken jagen. Damit ich nicht mehr davon loskomme. Das sind die, denen ich früher bei der Rückkehr vom Fischfang einen oder mehrere große Fische geschenkt habe. Es sind Neider, die meine Fische genommen und mich wegen meines Erfolgs heimlich verwünscht haben. Jetzt ist ihre Zeit gekommen. Sie wissen, sie können mich treffen. Mit dem weit aufgerissenen Maul und den weißen, eingetrockneten Augen.

Andere, deren Ziege streunende Hunde angefallen und getötet haben, essen sie nicht oder nur einen Teil. Nicht aus Angst vor der Tollwut. Nein, sie werfen sie oberhalb des Dorfes in den Fluss, weil sie wissen, dass ich am Flussufer entlangwandere. Dass ich, wenn das tote Tier vorbeitreibt oder am Ufer anlandet, daran denken muss, wie es Samba erging. Er wurde doch auch angeschwemmt, tot, mit aufgeblähtem Bauch und ausgefressenen Augen. Warum wollen sie mir wehtun? Wenn sie mich sehen, fragen sie ‚Wie geht es dir heute, Youssou?' oder ‚Hattest du eine gute Nacht?'. Dabei wissen sie genau, dass es mir schlecht geht, dass sie mich verfolgen, dass die trüben Augen und die aufgerissenen Mäuler ihrer Fische mich nicht vergessen lassen."

VI

Es rührt mich, dass Youssou manchmal sagt, meine wiederkehrenden Besuche in Gandiole und meine Unterstützung gäben ihm die Kraft, die ihn am Leben halte. Deshalb besuche er mich. Wir sprechen dann lange, und er erzählt immer von der Zeit, in der er ein erfolgreicher Fischer war, vier Frauen hatte. Und von dem, was ihm danach zugestoßen ist.

Manchmal verzehren wir miteinander die Mango, die er mitgebracht hat. Gerne trinkt er auch ein Glas Wasser, behutsam in kleinen Schlucken. Wasser, das man trinken kann, ist kostbar. Manchmal spricht er auch über Politik. „Der Präsident hatte längst die Mehrheit der Stimmen in den großen Städten verloren, in Dakar, Saint-Louis, Thiès, Louga, Tivaouane und Kaolack. Ich verstehe nicht, wie er damals überhaupt an die Macht kam. Er hatte die Fischereirechte an unseren Küsten an die Europäer verkauft! Die kamen mit ihren Fabrikschiffen und zogen alles aus dem Meer, was sich bewegte. Lange Zeit gab es hier keine Fische mehr. Viele der Fischer des Dorfes sind deshalb in den Süden des Landes abgewandert, um von da aus, vor den Küsten von Guinea und Sierra Leone, zu fischen. Die meisten sind dort geblieben. Es gibt fast nur noch Frauen, Kinder und Alte im Dorf."

Wenn ich nichts erwidere – ich will mich nicht zur Politik äußern –, verbirgt er wieder den Kopf in seinen Händen, so wie ich das kenne. Nachdem er sich wieder aufgerichtet hat, sagt er zum Abschied: „Du weißt, ich selbst fische nicht mehr. Seit dem Tag, als das Unglück geschah. Meine ganze Familie ausgelöscht." Bei seinem gestrigen Besuch zögerte er, als ob er mit sich kämpfen würde, noch etwas anzufügen. Mit brüchiger Stimme sagte er: „Manchmal wünsche ich mir, ich wäre mit im Boot gewesen."

Almata – der Vater darf es nicht erfahren

I

Almata schlendert in einem weiten Kleid, das sie bis zu den Knöcheln bedeckt, die Haare durch ein Kopftuch verhüllt, aus dem Haus. Kaum außer Sichtweite zieht sie den Umhang über den Kopf und verwandelt sich in eine junge Frau in Jeans und bunter Bluse. Vom Kopftuch befreit pendeln die in feinen Zöpfen geflochtenen Haare als Pferdeschwanz mit jedem ihrer Schritte hin und her. Im Winter kommt sie zwei Mal pro Woche für zwei Stunden zu Sven, der in seinem Ferienhaus am Ortsrand von Gandiole der Kälte Norwegens entflieht. Heute ist wieder „ihr Tag". Wahrscheinlich ist sie jetzt schon unterwegs, am Flussufer entlang. Wenn die Hunde am Tor hochspringen und wie verrückt anschlagen, ist sie da. Sie kennen sich, Almata und die Hunde. Trotzdem wollen sie zeigen, dass sie wachen, niemand einlassen, ohne Sven zu alarmieren. Für die Tiere ist es vielleicht auch ein Spiel, das, kaum dass Almata eingetreten ist, in wedelnde Freundschaft umschlägt. Der jungen Frau ist es aber nicht geheuer, sie traut dem Frieden nicht. Vorsichtig, die Hunde keinen Moment aus den Augen verlierend, nähert sie sich dem Haus.

Sven liegt dann schon auf dem Bett, fast nackt, und ist bereit für die Massage. Allerdings ohne erotischen Zuschnitt. Obwohl er dies heimlich bedauert – Almata ist hübsch, fraulich gebaut, wohlproportioniert, sanft, trotz ihrer starken Hände –, will er es nicht anders. Er könnte es nicht verantworten, nicht vor sich selbst; nicht vor seiner Frau, die von Almata nichts weiß.

Ihr Vater darf keinesfalls erfahren, dass seine Tochter massiert. Er glaubt, sie arbeite im *Hotel Residence* in der Küche. Almata selbst würde erotische Massagen kategorisch ablehnen, allein den Gedanken daran. Allemal für Männer, die keine Moslems sind. Ihr Vater würde sie aus dem Haus weisen, ohne dass sie sich wehren könnte. „Der Vater ist ein Stein, das Kind ein Ei", sagt ein Sprichwort der *Wolof*.

II

Almatas Vater entstammt einer einflussreichen senegalesischen Familie, die weitverzweigt ist. Einer seiner Brüder war lange Zeit Minister im Kabinett der Regierung, ein anderer wichtig im Transportwesen, man besitzt ein Warenhaus in Dakar und umfangreiche Immobilien. Es ist unklar, ob er es selbst wollte oder die Großfamilie ihn aus „politischen" Gründen veranlasste, sich der Religion zu verschreiben: Mehr als ein Jahrzehnt war Almatas Vater ein Baye Fall, ein wandernder Bettelmönch ohne festen Wohnsitz, der mit charakteristischem Kopfputz, langen Rastalocken, der vielfarbigen Kleidung, ein Bild des Kalifen von Touba vor der Brust, mit der Bettelschale übers Land zog. Er lebte davon, was ihm die Bevölkerung zu essen gab, und lieferte die ihm zugesteckten Münzen dem großen *Marabout* ab. Entbehrungsreiche volle dreizehn Jahre. „Damals wurde mir das Herz herausgerissen", sagt er. Dann war es genug, er begann, ein „normales" Leben zu führen. Er wurde hart gegen sich und die anderen, seine Familie eingeschlossen. Von den strikten religiösen Prinzipien ist er nicht abgekommen, er hält eisern die täglichen fünf Gebete ein. Jeden freien Augenblick vertieft er sich in religiöse Schriften in einem mit Teppichen ausgeschlagenen Zimmer, von dessen Wänden Heiligenbilder milde auf ihn herabblicken. Nur er hat Zutritt zu dieser weihevollen Stätte.

Frauen schüttelt er grundsätzlich nicht die Hand. Strecken sie ihm diese zur Begrüßung entgegen, zieht er seine zurück. „Aus Respekt", sagt er.

Die Großfamilie hat ihm die Entbehrungen nicht vergessen, ihm umfangreichen Grundbesitz übereignet, im Hinterland von Louga.

III

Sie ist ungewöhnlich direkt und fragt unverblümt, während sie massiert.

„Bist du oft zornig?", will sie wissen.

„Nein, ich bin eher geduldig. Warum fragst du?"

„Ich dachte, dass du verheiratet bist, könnte dich ärgern", erwidert sie mit weicher Stimme. „Es gibt hier im Dorf so viele junge, hübsche Mädchen." Sie streicht mit beiden Händen von der Innenseite seiner Füße über die Schenkel bis an den Rand der Shorts hinauf. Sie kann sich gut in ihn hineinversetzen.

„Bist du treu?", bohrt sie weiter. „Wenn, so wie jetzt, deine Frau im Urlaub nicht dabei ist? Einem Mann fällt das doch schwer. Findest du das nicht auch? Hast du keine Fantasien?"

„Ich bin schon treu, auch wenn es nicht immer einfach ist. Fantasien habe ich manchmal." Sven spürt, dass sie wissen will, was er denkt, während ihre Handflächen über seinen Körper gleiten.

„In meinem Alter bleiben Fantasien oft das, was sie sind: Fantasien. Sie lassen sich nicht mehr so einfach umsetzen."

„Du bist noch nicht alt", erwidert sie mit Nachdruck. „Oder hast du irgendwelche Krankheiten? Leidest du unter Eifersucht? Bist du unruhig, wenn deine Frau einen attraktiven Mann trifft?"

„Nein, da bin ich gelassen, wenn ..."

„Das solltest du nicht sein", unterbricht sie. „Frauen sind unanständig. Sie sind zu allem fähig."

Er dreht den Spieß um und fragt sie: „Du auch, Almata? Bist du auch zu allem fähig?"

Sie zögert und nimmt ihre Hände für einen Moment von seinem Körper. Auf dem Bauch liegend kann er ihr Gesicht nicht sehen. Wahrscheinlich sucht sie lediglich eine ausweichende Antwort. „Nein, das nicht. Ich bin eine Frau von Charakter. Ich habe starke Prinzipien, so wurde ich erzogen." Bevor er etwas erwidern kann, schwächt sie dies ab: „Du darfst aber nicht glauben, dass ich mich niemals überreden lasse. Natürlich habe ich auch Bedürfnisse und Sehnsüchte! Und wenn mich ein Mann, der mich interessiert, oft anruft, mir sagt, dass er mich schön findet, dass er mich liebt, dann könnte ich schon zur Ausnahme neigen." Almata lacht ein wenig, doch plötzlich sagt sie: „Ich bin traurig, dass du bald abreist."

„Das rührt mich, Almata, wenn du das sagst. Aber warum?"

„Es hat nichts mit dir zu tun. Ich mag einfach nicht, dass jemand wegfährt, wenn jemand, den ich kenne, nicht mehr da ist."

IV

Almata hat wie ein in den Käfig gezwängtes Tier keinen Spielraum. Sie wohnt bei den Eltern und steht unter ihrer Kontrolle. Mit ihren achtundzwanzig Jahren muss sie den Vater um Erlaubnis fragen, wenn sie ins Dorf gehen möchte. Ein Besuch, in der nahen Stadt, abends? Das wäre verwerflich. Es sei denn, sie nimmt an einer Taufe, an einer Hochzeit, einem Begräbnis im Familienkreis teil. Hosen trägt sie nur, wenn es der Vater nicht sieht, wenn er außer Haus ist. Er will nicht, dass sich die weiblichen Körperformen seiner Töchter für andere sichtbar abzeichnen.

Almatas Vater ist häufig nicht da. Denn er hat eine zweite und eine dritte Frau, die woanders wohnen. Mit jeder verbringt er jeweils zwei Tage, sozusagen im Kreisverkehr. Ihre Mutter, die erste

Frau des Vaters, ist Almatas Freundin, sie sind Komplizinnen, vor dem Vater und Ehemann verbergen sie gemeinsam manches.

Insgesamt war Almatas Vater in sieben Ehen verheddert. Er ist jetzt Ende sechzig, vielleicht Anfang siebzig, man weiß es nicht genau. Vier Frauen hat er verstoßen oder sich von ihnen scheiden lassen. Deshalb bleiben derzeit drei. Die jüngste hat er erst kürzlich geheiratet. Sie ist zwei Jahre jünger als Almata, sechsundzwanzig Jahre. Von Almatas Vater hat sie ein Baby. Zwischen den beiden Halbschwestern spannt sich ein Vierteljahrhundert. „Die dritte Frau meines Vaters ist jetzt schon wieder schwanger", erzählt Almata.

Sollte Almata eines Tages heiraten, möchte sie keine erste Frau werden. „Nur eine zweite oder dritte Frau", sagt sie. „Wenn der Mann sich eine zweite Frau nimmt, hat er, obwohl er es nicht eingesteht, an der ersten das Interesse verloren. Das möchte ich nicht erleben."

V

„Es ist schwer, eine G. zu sein", sagt Almata. „Alle glauben, wir sind reich. Das gilt aber nur für meine Onkel und deren Familien, mit denen wir nur losen Kontakt halten. Wir selbst haben nichts. Nichts mehr. Unsere Grundstücke sind verkauft, der Erlös verbrannt." Der Vater ernährt die Frauen und die Kinder, insgesamt sechzehn. Wie, weiß Almata nicht. Sie ist ihm dankbar. „Er ist ein guter Vater, er gibt uns zu essen." Darüber hinaus teilt er nichts aus, kein Geld für den Bus, nicht für ein neues Kleid, nicht für ein Paar Schuhe ... Schon gar nicht an Almata. Denn mit ihr spricht er nicht mehr, seit Jahren schon. Genauer gesagt seit dem Tag vor sechs Jahren, an dem Almata mit ihrer Tochter niederkam, deren Erzeuger, als sie schwanger war, das Eheversprechen gebrochen und sich davongestohlen hatte. Nicht einmal die Kosten der Entbindung hatte Almatas Vater damals übernommen: Dass er sie wortlos am Hospital absetzte, ihre Bitte, zu bleiben, brüsk zurückwies und sich entfernte, ohne die Geburt abzuwarten, stach ihr wie ein Dolch ins Herz. Ein selbstgefälliger und gefühlskalter Patriarch, der glaubt, dass ausschließlich das, was sich im besiegelten Rahmen der Ehe vollzieht – und sei es noch so ungeheuerlich –, recht ist! Seine Enkelin liebt er dagegen sehr, spielt oft mit ihr. Mit Almata selbst hat er innerlich gebrochen, er verzeiht ihr nicht die „familiäre Schande". Sie wohnen in nebeneinander liegenden Räumen, Almata geht der Vater aber aus dem Weg, als hätte sie die Krätze. „Du weißt gar nicht", sagt Almata zu Sven, „wie viele Nächte ich durchweine. Seit Oumis Geburt. Noch immer."

VI

Almata hat kaum eine Chance, einen Mann kennenzulernen. Sie ist zu Hause gefangen. Sie darf nicht weg. Als er sie fragt, zwischen ihren harten und manchmal sanften Massagegriffen, wie sie zu einem Ehemann kommen will, zögert sie und sagt dann: „Allah ist groß. Er vergisst niemand. Ich vertraue auf seine Weisheit."

Sie fühlt sich im Islam geborgen, die starren Folgerungen, die der Vater aus seiner Religion ableitet, der in der Lektüre des Korans versinkt wie jemand, der dem Spiel verfallen ist, schrecken sie nicht ab. Ihr Glaube ist die grüne Insel, auf die sie sich aus dem grauen Meer ihres eintönigen Lebens rettet. Dort fühlt sie sich angenommen, zu Hause. Manchmal besucht sie auch *Amadou Bamba* in ihren nächtlichen Träumen. Aufrecht steht der Heilige aus Touba auf dem Wasser mitten im Fluss, winkt ihr zu, und weist seinen Schüler an, sie abzuholen. Gemeinsam schwimmen sie in seine Richtung. Wenn sie danach erwacht, versucht sie beglückt alle Einzelheiten zurückzurufen und festzuhalten, bevor das klare Bewusstsein sie fortschwemmt.

VII

Letztes Jahr hat sie im Dorf einen Verein für junge Mädchen mitgegründet, Almata ist derzeit die Schatzmeisterin. Sie treffen sich einmal in der Woche am Nachmittag, im Wechsel bei einem Mitglied, trinken Tee, reden, verlieren sich in Fantasien. Manchmal tanzen sie auch, die Mädchen, alleine, ohne Männer, wenn eine von ihnen ein Radio mitgebracht hat.

Ihr Traum, dem Almata tagsüber nachhängt, ist es, fortzukommen. Dazu braucht sie Geld, das ihr der Vater nicht gibt und das sie selbst nicht hat. Auch gar nicht verdienen kann, denn die Einheimischen haben weder Zeit noch Geld für eine Massage, und Touristen kommen nur spärlich. Von dem wenigen, was sie verdient, gibt sie ihrer Mutter, der ersten Frau, noch ab. Auch diese hat kein eigenes Geld. Sven fühlt sich schlecht, weil er Almata nicht die Mittel gibt, damit sie sich befreien kann. Sie weiß, dass er über diese verfügt, obwohl sie nicht danach fragt.

Einem ihrer Bekannten aus dem Dorf ist es gelungen, sich abzusetzen. Er lebt in Portugal, verkauft afrikanische Souvenirs auf der Straße und am Strand. Er würde ihr helfen, wenn sie dort wäre, davon ist Almata überzeugt. Aber wie sollte sie es in diese Welt schaffen?

Der Mann an der Kurve

Zum Ende der Regenzeit ist Gandiole zwischen dem Senegal und einem Salzsee eingeschlossen. Wenn der Fluss viel Wasser führt, steigt der Grundwasserspiegel und östlich des Dorfes bildet sich der See. Einige Monate später ist er in der gleißenden Sonne wieder verdunstet und zurück bleiben dicke grauweiße Salzkrusten. Die weiblichen Dorfbewohner kratzen das in der Sonne glitzernde Salz zu spitzen Haufen zusammen, die sie mit Stofffetzen als ihr Eigentum markieren. Sie haben das Recht, die Ausbeute eines kleinen Landstücks für sich zu behalten oder zu verkaufen. Wenn die Einbringung des Salzes beginnt, treffen sich fast alle Frauen zu einer bunten, lautstark schnatternden Versammlung.

Um den Salzsee herum schlängelt sich die Straße nach *Saint-Louis*. Bald erreicht sie die Savanne und führt, weit entfernt von den dort verstreuten Dörfern, an Affenbrotbäumen, Akazien und *filaos* vorbei. Gelegentlich überquert sie Ausbuchtungen des Flusses oder kleine, mit Mangroven bewachsene Seitenarme. Manchmal steht eine Person am Straßenrand und winkt, um mitgenommen zu werden. Ein Hirte vielleicht, Frauen, die auf ihrem Kopf eine Schale mit Fisch balancieren oder einen Plastikeimer mit frischem Wasser, das sie von weit entfernten Brunnen holen. Hin und wieder taucht ein Pulk Kinder auf, der den vereinzelten Fahrzeugen fröhlich zuwinkt. Oder ein Lastwagen keucht unter seiner schweren Sandladung, die für Baumaßnahmen in der Stadt benötigt wird. Wenn die Lastwagen leer zurückkehren, stehen muskulöse Männer mit nacktem, schweißglänzendem Oberkörper auf der Ladefläche und stützen sich auf der Fahrerkabine ab.

Seit mehr als fünf Jahren sitzt an der lang gezogenen Kurve kurz nach der Brücke ein Mann. Mitten in der Savanne, direkt neben der Straße. Um ihn herum liegen einige gelbe und blaue Kanister, die vermutlich Trinkwasser enthalten. Und aufgehäufte Äste und Zweige; daneben Asche von Feuern, auf denen er gekocht hat. Auch ein paar Mineralwasserflaschen sieht man oder einen Milchkarton und Zigarettenstummel – Zigarettenstummel überall.

Der Mann hat Angehörige, aber er ist frei, denn sie wissen nicht, wo er ist. Sonst hätten sie ihn längst in die Familie zurückgeholt. Notfalls auch unter Zwang. Er ist verschwunden, und sie wissen nicht, wohin. Er hat es gut, denke ich im Vorbeifahren. Keine Verpflichtungen, keine Briefschulden, keine Bank, die ihn an Hypotheken erinnert und Zinsen einfordert.

Wenn ich den Wagen anhalte und einen Milchkarton, eine Flasche Erdnussöl oder Wasser hinterlasse, bedankt er sich nicht. Für ihn sind Gaben selbstverständlich. Er steht auch nicht auf, mit der Hand zeigt er, wo ich die Sachen ablegen soll. Gelegentlich fragt er nach Zigaretten. Allein dieses Wort ist mir verständlich, ansonsten brabbelt er meist in einer fremdartigen Sprache. Die Einheimischen verstehen sie nicht. Deshalb kann man ihn auch nicht missverstehen oder ihm Vorwürfe machen. Er hat gesprochen, es bleibt, da unverständlich, angenehm neutral. Weil man ihn nicht versteht, bauen sich keine Schuldgefühle auf, falls man nicht erfüllt, was er will. Wahrscheinlich will er gar nichts, abgesehen von den Zigaretten und der Milch. Deshalb könnte er sich die Kurve ausgesucht haben.

Er sitzt dort in der flirrenden Hitze und grellen Mittagssonne des Sommers genauso wie in den feuchten Nebeln und der nächtlichen Kälte des Winters. Immer im selben, dunkelfarbigen Kaftan, ehemals könnte dieser weiß gewesen sein. Ohne Kopfbedeckung! Auch in den herabprasselnden Schauern der Regenzeit. Dann fließt das Wasser in die Löcher, in denen die Schlangen hausen.

Um dem Wasser zu entkommen, gehen sie auf Wanderschaft, vor allem nachts. Auch giftige. Den Mann an der Kurve kümmert das nicht. Er sitzt dort bei Tag und bei Nacht. Tagsüber sieht man ihn auch manchmal liegen, er schläft, inmitten der Kanister. Ansonsten besitzt er nichts. Er will das auch nicht. Dies könnte ein weiterer Grund sein, weshalb er sich an der Kurve aufhält.

Eines Tages errichteten die Schaf- und Kuhhirten der *Fulbe* für ihn eine Strohhütte. Direkt neben den Kanistern. Mit einem Reetdach. Er ließ sie gewähren. Als die Behausung stand, riss er sie ein. Was er dabei sagte, verstand niemand. Weil man es nicht verstand, wurde es respektiert. Mich hat dies nur anfangs verblüfft. Unter keinen Umständen kann er zulassen, dass er unter jene eingereiht wird, die in Zimmern und Häusern an Straßen und Kurven wohnen. Davon muss er sich abgrenzen.

Er ist nicht von hier, sagen die Bewohner von Gandiole. Sonst wüsste es seine Familie. Aber aus West- oder Zentralafrika kommt er schon. Ist es Mali, Burkina Faso oder Nigeria? Denn er ist schwarz wie Kohle. Oder keines von diesen Ländern? Letztlich ist es nicht wichtig. Weder sein Heimatland, noch seine Herkunft oder sein Alter, geschweige denn seine Vergangenheit sind von Bedeutung.

Vielleicht sitzen irgendwo drei Frauen mit insgesamt einem Dutzend Kinder. Gegebenenfalls auch jede der drei mit etwa einem Dutzend. Ihr Mann war eines Tages nicht mehr da. Wahrscheinlich abrupt und ohne Vorwarnung. Auch aus diesem Grund könnte er an der Kurve sitzen. Verantwortungen belasten, an der Kurve ist er davon frei.

Manche halten ihn für einen *Marabout*. Einen Heiler und Seher. „Keine vierundzwanzig Stunden würde es ein normaler Mensch in der Hitze und nächtlichen Kälte, im Wind, im Sand und mit den Insekten mitten im Busch aushalten“, sagt ein Fischer im Dorf. „Wer das kann, ist etwas Besonderes, ein Marabout, den ich respektiere. Gelegentlich bringe ich ihm deshalb etwas zu essen. Er hat Macht, die andere nicht besitzen. Als ich plötzlich keine Fische mehr fing, über Wochen hinweg, habe ich damals auch einen Marabout aufgesucht. Er sagte, man habe mir ein *gri-gri* ins Netz gelegt, ein Amulett, das mir schaden soll, deshalb könne ich keine Fische mehr fangen. Als ich meine Netze untersuchte, fand ich das Amulett und entfernte es. Danach gingen mir wieder Fische ins Netz. Viele! Es gibt keinen Zweifel, der Mann an der Kurve ist ein Marabout."

„Das glaube ich nicht", sagt unsere Köchin. „Wenn du im Kopf verwirrt bist, machen dir Hitze, Kälte und Insektenstiche nichts mehr aus. Du spürst es nicht und du registrierst es nicht. Jemand, der in einem schmutzigen Kaftan betet, ist kein Marabout. Und wenn er pisst, entfernt er sich nur wenige Schritte. Das ist doch kein Zustand." Ob schmutzig oder sauber, alles nur eine Frage der Konditionierung, denke ich. Und angepasst ist er eben nicht!

„Manche Gurus in Indien trinken ihren Urin", wirft meine Frau ein. „Ich weiß nicht, ob das hygienischer ist und mit der Religion konform geht."

„Seinen Urin zu trinken ist pervers", sagt die Köchin angeekelt. „Davon habe ich noch nie gehört. Wenn ich das tun müsste, wäre mir sterbenselend." Sie fährt fort: „Das würde den Mann keinesfalls zu einem Marabout machen. Für mich ist er verrückt!"

Da bin ich mir nicht so sicher, sage ich zu mir selbst. Immerhin nützt er den Glauben anderer so aus, dass es ihn selbst erhält. Verrückt ist nicht der richtige Ausdruck. Schlitzohrig! Das ist er vielleicht.

„Ich stelle ihm manchmal einen Wasserkanister hin oder bringe ihm einen Fisch", sagt die Köchin. „Er darf aber nicht zubereitet sein, er will selbst kochen."

Als wir kürzlich in der Dämmerung an „seiner" Kurve vorbeifuhren, flackerte ein Feuer. Der Mann kochte. Drei junge Frauen standen bei ihm. Festlich gekleidet, die Haare zu Zöpfchen geflochten, bei einer blinkte es golden an den Ohren.

„Was haben die vor?“, fragte ich den Fahrer unseres Wagens. „Die Mädchen sehen aus, als ob sie unterwegs wären zum Tanzen in die Stadt und sich schön gemacht hätten, um einen Mann kennenzulernen.“

„Das haben sie“, sagte der Fahrer.

„Aber hier, mitten im Nichts?“, erwiderte ich erstaunt.

„Sie haben es nicht eilig. Später werden sie ein Buschtaxi anhalten, das sie nach Saint-Louis mitnehmen wird.“

„Warum vergeuden sie dann ihre Zeit mit dem Pseudoseher?“, fragte meine Frau etwas respektlos.

„Sie möchten von ihm ihre Chancen erfahren, einen Freund zu finden“, erwiderte der Fahrer. „Einen guten Mann, der Arbeit hat. Mit dem sie vielleicht später eine Familie gründen können.“

„Von ihm?“, bohrte meine Frau nach. „Er sitzt hier doch im Niemandsland, wie will er das wissen? Wo ihm die Sonne ständig auf den Schädel brennt.“

Der Fahrer starrte angestrengt auf die Fahrbahn.

„Kommt manchmal ein Mädchen auch allein?“, forschte meine Frau neugierig weiter, es zuckte vieldeutig um ihre Mundwinkel. „In der Nacht?“

„Unter keinen Umständen“, sagte der Fahrer kategorisch. „Viel zu gefährlich. Schauen Sie das nächste Mal in seine Augen. Dann merken Sie es selbst. Der Mann ist unberechenbar!“ Und nach einer kleinen Pause: „Er ist kein Seher, wie es manche behaupten. Oder Heiler.“

„Für mich ist er kein Marabout“, sagte vor einiger Zeit auch der Gärtner und erzählte von dem Mann, der mit seinem schwer kranken Sohn bei ihm Hilfe suchte. Der Mann an der Kurve hatte ihm geraten: „Zeuge noch einen Sohn und nenne ihn Mohammed! Dann wird dein Kind wieder gesund werden.“ Offensichtlich kann er, wenn er will, sich doch so ausdrücken, dass man ihn versteht, kam mir in den Sinn. Je nach Interessenlage. Der Gärtner lachte abschätzig. Zu Unrecht? Wie, wenn die Frau des Mannes keine Kinder mehr bekommt, und wenn, nur noch Töchter? Dann wäre dem schwer kranken Sohn nicht zu helfen.

Manchmal denke ich, an einer Kurve sitzen, das werde ich auch irgendwann. Derzeit bin ich dafür noch nicht weise genug.

An einem Tag im vergangenen Oktober schläft der Mann an der Kurve weit in den feuchtheißen Tag der Regenzeit hinein. Mittags stellt ein Besucher fest, dass er nicht mehr aufwachen wird. Dort, wo er gelebt hat, ruht er jetzt. Ein niedriges, in seiner Längsachse nach Osten gerichtetes, sandgefülltes Rechteck aus grauem Beton gibt die Stelle an. Unauffällig, selbst aus der Nähe kaum auszumachen. Er hat kein Buch verfasst, kein Bild gemalt, kein Haus gebaut und keinen Baum gepflanzt und von eventuellen Nachkommen, die an ihn erinnern könnten, ist nichts weiter bekannt. Es reicht aus, dass er da war, an der Kurve. Dort, wo sich die Straße wendet, kommt man nicht vorbei, ohne dass er ins Bewusstsein tritt.

Aissa

I

Dass Aissas Traum nicht in Erfüllung gehen würde, konnte jeder vorhersagen, der sich mit Fluglinien auskannte. Die Lässigkeit der Flugbegleiterinnen der Air Afrique, ihre langen Beine und schmalen Hüften, die samthäutigen Unterarme, ihr gelassenes Lächeln, bei dem aus den dunklen Gesichtern wie an einer Perlenschnur aufgezogene Zahnreihen aufblitzten, all dies fehlte Aissa. Mittelgroß gewachsen sah sie eher durchschnittlich aus. Mit ihren sehr guten Kenntnissen der französischen Sprache konnte sie sich nicht hervortun, weil sie in der Bemühung, diese zu demonstrieren, zu hastig und mit unüberhörbar gutturalem Akzent sprach.

Als Schülerin des Lycée Charles de Gaulle in *Saint-Louis* hatte sie häufig bis in die Nacht hinein gelernt und zunehmend daran geglaubt, dass sie mit ihrem Aussehen, den Sprachkenntnissen und dem angestrebten Abitur einen Vorstellungstermin als Airhostess bei der Air Afrique ergattern könnte. Das Abitur hatte sie dann in der *terminale* nicht geschafft, wie auch nicht den Vorstellungstermin. Im letzten Schuljahr hatte sie begonnen – alles im Hinblick auf ihren Lebenstraum –, ihr dunkles Gesicht aufzuhellen. Immer wieder mit hochdosierter Peroxidpaste. Weil sie hellgesichtig sein wollte wie die Mauren, die Tuareg und die anderen nordafrikanischen Araber. Oder die südländischen Europäer. Der Wunsch, ihr Berufsziel zu erreichen, hatte sie es übertreiben lassen: Ekzeme, Ausschläge, Hautablösungen waren die Folge gewesen. Schmerzvolle Episoden, in denen sie sich vor den Dorfbewohnern wie ein

Dieb versteckt gehalten hatte, bis sich die Schäden nicht mehr verbergen ließen. Danach war es erforderlich geworden, Haut von ihren Hüften zu entnehmen und zu übertragen, um das im fehlgeleiteten Ehrgeiz entgleiste Gesicht zu retten.

Als Air Afrique Jahre später den Flugbetrieb einstellen musste, eröffnete sich mit der Gründung der Air Sénégal International für Aissa eine erneute Chance, theoretisch. Denn zu dem, was ihr bereits früher an selbstsicherem Auftreten und Natürlichkeit gefehlt hatte, waren noch die verstrichenen Jahre hinzugekommen, die Operationsnähte im Gesicht und eine Verbissenheit in ihrer Bemühung, sich für etwas zu qualifizieren.

II

Aissa hat eine heute siebzehnjährige Tochter, Adja. Mit ihrem Aussehen könnte Adja das erreichen, was sich ihre Mutter für sich selbst vergeblich ausgemalt hatte: hochgewachsen, seidenmatt dunkel schimmernde Haut, wache, nachtblaue Augen, das krause Haar zu am Kopf anliegenden Zöpfchen gebunden. Sie geht noch zur Schule, im entfernten Thiès, der Schulstadt. In den Ferien besucht sie die Mutter in Gandiole, denn Adja lebt bei ihrem Vater, einem Lehrer. Er betreut und verwöhnt sie und ist darauf bedacht, dass Adja ihre schulischen Pflichten ernst nimmt, dass sie es zum Abitur – und weiter – schafft und nicht vorher leichtfertig mit einem Baby niederkommt, von einem Mitschüler oder einem der *voyous*, der Straßenjungen, die mit Worten und ihrer ausgelassenen Fröhlichkeit zu verführen wissen.

Aissa hatte zum Vater ihrer Tochter aufgeschaut, ihn geliebt, sich ihm im guten Glauben hingegeben. Und als das ungeplante Kind unterwegs gewesen war, auf die Heirat mit dem angehenden Lehrer gezählt, der auch dazu bereit gewesen war. Nicht jedoch Aissas Vater! Eine bessere Familie, einen aussichtsreicheren Beruf hatte er sich für den Mann vorgestellt, der seine Tochter heiraten würde. Was war schon ein Dorfschullehrer, dessen Vater nichts besaß und der als Fischer ständig um sein tägliches Auskommen rang? Und die niedrigen, oft Monate lang ausbleibenden Gehälter, die der Staat seinen Lehrern zahlte. Seine Tochter hatte etwas Besseres verdient, einen Mann mit anderen Zielen und Optionen. Deshalb hatte sich der Vater kategorisch gegen die Heirat ausgesprochen. Aissa fügte sich schweren Herzens. Kraft und Willen, sich zu wehren, fehlten ihr, wie dem Vater ihres Kindes die Bereitschaft und Mittel, sich über die Ablehnung hinwegzusetzen.

III

Nahezu zwanzig Jahre später ist Aissa noch immer allein. Unter den Burschen in Gandiole gab es keinen annehmbaren Kandidaten. Dort leben einfache Fischer, die auf ihren Booten im nahen Meer und in der Flussmündung ihr Leben riskieren und eine bescheidene Existenz fristen. Wie die Pflanzer mit ihren schwieligen Händen, die Kartoffeln, Zwiebeln und rote Rüben anbauen, die Hirten, die in der Savanne über die Herden der Rinder und Ziegen wachen, oder die Betreiber der ärmlichen Läden, in denen es außer wenigen Grundnahrungsmitteln nichts zu kaufen gibt. Sie alle konnten der gebildeten, selbstbewussten Frau nicht das bieten, was sie erwartete – und was ihr Vater einforderte! Die Männer in der nahen Stadt hatten kein Interesse an einem Mädchen aus dem Dorf, mit einem Kind, noch dazu einer Tochter. Ein Abenteuer, jederzeit, aber nicht mehr.

Aissa hat jetzt keine realistische Aussicht mehr, einen passablen Mann zu finden. Die Zeit ist vorbei, sie muss sich aufs Alleinsein einrichten. Der Gedanke an ihr Alter und an das, was dann aus ihr werden soll, lässt sie schaudern. Im Senegal, einem Land ohne ausreichende Arbeitsplätze, ohne Altersversorgung, ohne Hilfestellung vom Staat, in dem alles auf der Familie aufbaut, ruht und durch sie abgesichert ist. Ihr Vater weiß nicht, was er ihr angetan hat, damals. Es liegt lange zurück. Er erinnert sich nicht mehr daran, ist frühzeitig erblindet und wagt sich mit über neunzig Jahren nicht mehr aus dem Haus. Von seiner Tochter erwartet er, dass sie ihn besucht, liebevoll pflegt und für ihn sorgt.

IV

Mit einem kleinen Fischhandel konnte sich Aissa einige Zeit erfolgreich über Wasser halten. Sie kaufte den zurückkehrenden Fischern Flussbarsche, Meeresforellen, Feuerfische, Rotbarben und Rochen ab und belieferte einen französischen Zwischenhändler, Jean Durand. Über die Zeit ergab sich ein vertrauensvolles geschäftliches Miteinander: Jean bezahlte ordentliche Preise für den fangfrischen Fisch, und dies fast immer fristgemäß. Und er nahm zunehmend größere Mengen ab, für die er verständlicherweise längere Zahlungsziele erbat, die er auch stets einhielt. Bis zu dem Mammutauftrag, bei dem er eine gesamte Bootsladung, den Fang einer *Piroge*, die mit sechzehn Fischern mehrere Wochen auf See gewesen war, über Aissa in Empfang nahm.

Dann war er plötzlich verschwunden. Es heißt, Jean Durand sei einer Krankheit erlegen. Er habe doch immer schon schlecht ausgesehen, sei gehetzt, überanstrengt gewesen. Andere vermuten, dass er nach Frankreich zurückgekehrt sei, nach Toulon oder Marseille, um seine Aktivitäten dort fortzuführen. Wiederum andere meinen, er sei in Gambia oder Guinea-Bissau abgetaucht. Vor den Küsten dieser Länder werden auch Fische gefangen.

Eingeleitete Recherchen brachten kein Ergebnis, Aissas enorme Schulden bei den Fischern blieben bestehen. Da sie ihre finanziellen Verpflichtungen auch zukünftig nicht erfüllen kann, bekommt sie im Dorf und der Umgebung keinen Fisch mehr. Ihr Handelsgeschäft ist damit erledigt, ohne Aussicht darauf, dass es wieder aufleben könnte.

V

In den geschäftlich erfolgreichen Zeiten hatte Aissa am Rand des Dorfes ein kleines Sandgrundstück erworben. Dies zu umzäunen und zu bebauen, sollte die Fortführung des Fischhandels ermöglichen. Dazu kam es nicht mehr. Aissa wohnt noch immer bei ihrer alleinstehenden Mutter in dem Haus, das ihrer Großmutter gehört. Diese ist alt und schwer krank. Wenn sie stirbt, erben die beiden Brüder der Mutter das Haus, mit Ausnahme des Zimmers, das diese bewohnt. So sieht es das Erbrecht des Korans vor. Die Mutter versteht sich mit ihren Geschwistern nicht, sie sind zu verschieden, man hat sich auseinandergelebt. Die Brüder wohnen in Dakar. Einer der beiden hat angekündigt, baldigst in das Haus einziehen zu wollen. Er zählt die Tage, die die Großmutter noch lebt. Und er hat schon jetzt bekannt gegeben, dass er danach Aissa dort nicht mehr dulden werde. Es interessiert den Onkel nicht, wo seine Nichte unterkommt, für ihn zählt nur, dass sie auszieht.

Ein mitfühlender Dorfbewohner, der von dem drohenden Hinauswurf und ihrem geschäftlichen Unglück wusste, stellte ihr eine Geldsumme zur Verfügung, damit sie auf ihrem Sandflecken ein bescheidenes Häuschen bauen konnte. Zwei Zimmer, eines für Aissa, eines für die Tochter, wenn sie zu Besuch kommt. Darüber ein Dach aus Wellblech und Tuchvorhänge vor den Öffnungen für Fenster und Türen. Ihr Gönner hatte bei Übergabe der Summe betont, dass er nicht mehr geben könne und werde, dass es ein endgültiger Betrag sei, mit dem sie auskommen müsse. „Das Geld reicht aus", sagte Aissa. „Machen Sie sich keine Sorgen. Ich werde meinen Vater einschalten. Als einem der Ältesten im Dorf werden die Handwerker ihm korrekte Preise nennen ..."

Das Angebot des Baumeisters sah ein größeres Gebäude mit weitflächiger Terrasse vor. Offenbar unter dem Druck der Mutter, die, um ihren Brüdern zu entgehen, miteinziehen wollte. Das Geld reichte – entgegen dem eingeholten Kostenvoranschlag – jedoch nur aus, um einen Teil des Rohbaus zu erstellen. Nachdem keine weiteren Zahlungen erfolgten, stellten die Maurer ihre Tätigkeit ein. Die Mauern des Erdgeschosses sind fertiggestellt, oben jedoch offen, wie auch die Sanitärgrube, die Seitenwände sind unverputzt, ohne Installationen, eine Bauruine eben. Angesichts des Komplotts der Familie – von einem Miteinzug der Mutter war nie die Rede gewesen –, der geschäftlichen Unfähigkeit des greisen Vaters und des leichtfertigen Umgangs mit der geschenkten Summe fühlt sich Aissas Gönner getäuscht. Wie angekündigt, schießt er nichts nach und will mit Aissa nichts mehr zu tun haben. Ihr Ansehen im Dorf ist auf einen Tiefpunkt gesunken. Im vom Wind getriebenen Sand, in den salzig-feuchten Abendnebeln, in den vereinzelten, aber umso heftigeren Niederschlägen der Regenzeit und mit den sich alsbald einnistenden Ratten wird der Rohbau in einigen Jahren verfallen sein.

VI

Aissa verdient jetzt manchmal etwas mit Gelegenheitsarbeiten. Als kürzlich die alte Straße zum Dorf aufgebrochen, neu unterlegt und geteert wurde, hat sie für die Bauarbeiter das Essen gekocht und die Wäsche gewaschen. Die Straße ist nun fertiggestellt. Neue Arbeit konnte sie seitdem nicht finden. Sie sagt: „Ich stehe morgens gegen vier Uhr auf und gehe am Ufer des Flusses entlang, viele Kilometer weit, in der Hoffnung, dass er etwas angeschwemmt hat, das ich reinigen, instand setzen und verkaufen kann. Ich habe oft Hunger und bin verzweifelt."

Remi und Hyacinte

I

Modou war Fischhändler gewesen, dann Schleuser, später befand er sich auf der Flucht. Bis Gras über die Sache gewachsen war. Zuletzt musste ihm sein Gespür abhandengekommen sein für derlei Geschäfte.

Am Mittwoch schon waren die meisten seiner Kunden eingetroffen, nur noch wenige trudelten im Laufe des Folgetages ein. Am Freitag sollte es losgehen, der Kapitän und seine Besatzung hatten die große *Piroge* im Fluss unterhalb des Leuchtturms bereits vertäut. Am Donnerstag war mit dem Zuladen der Wasserfässer, der Benzinkanister, des Trockenfischs und der Reissäcke begonnen worden, während ein Zimmerer vorne am Bug die Fugen zwischen den Planken mit Teer abgedichtet und grobes Leinenband darüber genagelt hatte. Über hundert Passagiere warteten im Innenhof eines am nördlichen Rand von Gandiole gelegenen Hauses. Modous Helfer schrieben dort ihre Namen auf eine Liste und nahmen ihnen das Geld ab. Nicht zahlen mussten lediglich der Kapitän und seine Besatzung, die musste manövrieren, kochen, abwaschen, für Ruhe und Ordnung an Bord sorgen. Unter zweihundertfünfzigtausend Franc kam niemand mit, das war der günstige Tarif für diejenigen, die das durch die Fugen und über die Bordkante stetig eindringende Wasser ausschöpfen sollten. Die anderen mussten für die bevorstehende Überfahrt das Zwei- bis Dreifache entrichten.

Als die Passagiere in der einbrechenden Dämmerung und dem vom Fluss aufsteigenden, feuchten Abendnebel in das Boot drängten, ging plötzlich alles ganz schnell: Die aus *Saint-Louis* angerückte Gendarmeriebrigade schaltete die Sirene erst ein, als ihre Beamten am Leuchtturm bereits aus den Einsatzfahrzeugen sprangen. Obwohl sie den Landungssteg innerhalb weniger Sekunden abgeriegelt hatten, war es Modou und anderen, die ähnlich schnell und kaltblütig reagiert hatten, gelungen, sich unter die Gaffer zu mischen, um nur wenig später wie unbeteiligt zum Dorfplatz zu schlendern, wo sich ihre Spuren verloren. Bei Freunden und Komplizen fanden sie Unterschlupf, sie konnten sich darauf verlassen, dass die Dorfgemeinschaft sie so lange decken würde, bis sie sich absetzen konnten. Die meisten der fassungslosen Passagiere allerdings hatten zu spät begriffen, was vor sich ging. Die Gendarmen nahmen sie fest und brachten sie ins Gefängnis von Saint-Louis, zwei Tage später wurden sie in die Misere ihres geplatzten Traums entlassen. Die beiden Yamaha-Motoren, die Treibstoffkanister, der Proviant wie auch die Piroge blieben konfisziert.

Wer den Behörden von der geplanten Überfahrt zu den Kanarischen Inseln erzählt hatte, wusste niemand, wenngleich bekannt war, dass sich die Gendarmerie ihrer Informanten im Dorf bediente. Müßiggänger, Neider, kleine Diebe, Hehler oder Schmuggler, die kooperierten, weil sie sich bei ihrem nächsten eigenen Delikt eine mildere Behandlung erhofften.

Für die, die fortwollten, war es die letzte Hoffnung, ein Aufbrechen in ein anderes, besseres Leben gewesen, das in einem Fiasko geendet hatte. Vielleicht waren sie aber auch davongekommen, wussten es nur nicht, denn sie haderten. Andere, die zuvor von Gandiole aus abgelegt hatten, waren am Ziel nie eingetroffen, sondern irgendwo in der Weite des Atlantiks verschollen. „Wer nicht losfährt, kann nicht ankommen", sagte einer. „Jeder hat sein eigenes Schicksal", sagte ein anderer der bereits an Land Gestrandeten. „Allah hat nicht gewollt, dass wir uns auf das Meer begeben.“ Wie alle forderte er das Geld für die versprochene Überfahrt zurück, seine Eltern hatten sich für ihn bei den Nachbarn und mit einem Kleinkredit bei der Sparkasse verschuldet. Andere hatten für ihren Traum ihr altes Taxi, den Motor ihres Fischerbootes oder ihre Nähmaschine unter Wert verkauft, um fortzukommen – und verzweifelten nun, weil sie nicht wussten, wie sie in den Trümmern ihres aufgelösten Umfelds weiterleben sollten. Modou wies die Ansinnen, zumindest einen Teil des Geldes zurückzuerstatten, mit stoischer Miene entschieden zurück. „Ich habe alles für euch getan. Ihr habt es gesehen, das Boot, die Motoren, die Treibstoffkanister. Euer Geld wurde ausgegeben. Es ist futsch! Findet den, der uns verraten hat!“

„Ein Schleuser hat noch nie etwas zurückerstattet“, wusste einer der verhinderten Passagiere. „Die vertrauen darauf, dass man sich nicht an die Polizei wenden kann. Die Überfahrt war illegal.“ Einem langen, hageren Burschen aus Gandiole war der Ärger ins Gesicht geschrieben, als er sich einmischte: „Ob die Piroge loskommt oder nicht, ob sie Spanien erreicht oder auf See kentert, ihr Geschäft haben sie in jedem Fall gemacht. Das Risiko tragen nur wir, die loswollten, die Schleuser bleiben zurück und horten das Geld.“

II

Sein guter Riecher fürs Geschäft und seine Methode, etwaiges Risiko auf Dritte zu verlagern, hatten Modou in seinem vierzigjährigen Leben zum Erfolg geführt. Ein Ökonom würde sagen, er hatte sich zuerst eine Identität, eine Marke verschafft, die wahrgenommen wurde. Schon in der Schule rasierte er sich den Vorderteil des Schädels blank, rieb ihn mit Öl ein, sodass er matt in der Sonne glänzte, und ließ hinten einen rechteckigen Schopf in die Höhe ragen. Darunter wachten seine stets zusammengekniffenen

Augen, und von den Schläfen nach unten zogen sich seitlich neben den Backen von ihm selbst geritzte Narben. Modou war nicht zu übersehen.

Zwei seiner Onkel und sein jüngerer Bruder Remi erhielten keine solche Beachtung. Von den anderen Seeleuten kaum zu unterscheiden, fuhren sie von Kafountine, einem Dorf in der *Casamance*, aufs Meer hinaus, um zu fischen. Modou, der meinte, er habe die Schule nicht abgebrochen, um eine entbehrungsreiche Zeit auf dem Wasser zu verbringen, kümmerte sich an Land um die Organisation und den Verkauf ihres Fangs und den von anderen. Trotz aller Vorsicht hätte es ihn jedoch fast erwischt: In einer dunklen, stürmischen Nacht fuhr er auf der *Joola* mit, als diese auf dem Weg von Ziguinchor nach Dakar im Sturm kenterte. Sein Vater und ein Onkel ertranken im aufgepeitschten Meer. Modou war einer der wenigen, die sich retten konnten. Seinen an einen leeren Kanister gekrallten, schlaffen Körper zogen die Helfer am nächsten Morgen wie einen nassen Sack aus dem Wasser.

Der senegalesische Staat hatte die Familien für den Verlust an Menschenleben danach großzügig finanziell entschädigt. Für Modou war es das Startkapital, um ins Fach der *promoteurs*, der Schleuser, überzuwechseln. Hatte er nicht die Schule geschmissen, um im Leben erfolgreich zu sein? Als einer der Ersten in der Region hatte er das Geld gewittert, das sich in diesem neu aufkommenden Geschäft einstreichen ließ, wenn man es geschickt anstellte. Wie früher die diskreten Anwerber der Fremdenlegion schwärmten bald ein Dutzend von ihm beauftragte Agenten heimlich übers Land, nannten hinter vorgehaltener Hand das Datum und den Ort der Abreise, priesen die Güte des Bootes und die lange Erfahrung seines Kapitäns. Sie verwiesen darauf, dass der berühmte *Marabout* selbst den Kurs für eine glückliche Ankunft auf den Kanarischen Inseln vorgegeben hätte. Und dass die Polizei in der Casamance kooperieren würde, sollte sie überraschenderweise Wind von der Sache bekommen. Zwar würde sie zunächst das Boot und die Vorräte beschlagnahmen müssen, jedoch aus versteckter Sympathie für die, die aus ihrem Elend flüchteten, gegen eine gewisse Summe kurz darauf alles wieder freigeben. Die Bootsinsassen würden sicher fort- und ankommen, in Spanien, wo es alles gab, was sie hier entbehrten.

Auch Remi war überzeugt und bei der ersten Überfahrt dabei, müde und erschöpft von der harten Existenz des Fischers, dem täglichen Risiko, der Angst vor dem stürmischen Meer, der gleißenden Sonne, und, wenn diese hinter dem Horizont versank, von der einfallenden Kälte und den aufkommenden Böen. Zuvor noch hatte er Hyacinte, eine Cousine aus Dakar, geheiratet, ein zartes, schüchternes Mädchen von zwanzig Jahren. Nach der mittleren Reife hatte sie die Schule abgebrochen und, nachdem sie keine Anstellung finden konnte, der Mutter im Haushalt geholfen. Remi, den sehnigen, etwas wortkargen Burschen, kannte sie schon länger. Sie nahm ihn gern, als er sie fragte. Durch ihn konnte sie das Elternhaus verlassen, das seit dem frühen Tod ihres Vaters ein Ort der Trauer war, und ein eigenes Leben beginnen: eine Familie haben, Kinder gebären, später vielleicht sogar in einem eigenen Haus wohnen. Wenn Remi in Spanien arbeiten würde.

Wie von seinen Agenten vorausgesagt, war Modous Piroge damals angekommen. Ausgezehrt, mit krummem Rücken vom tagelangen Sitzen, mit tief in den Höhlen liegenden Augen, aber glücklich wankte Remi mit den anderen in Gran Canaria an Land. Zuletzt war ihre Piroge von einem Boot der spanischen Küstenwache entdeckt und in den Hafen von Las Palmas eskortiert worden.

Noch acht Mal hatten die von seinem Bruder organisierten Boote danach die lange Seereise von Elinkine, Diougé und Kafountine in der Casamance zu den Kanaren erfolgreich überstanden, und fast tausend Landsleute nach Europa geschleust. Seine Anwerber hatten zunehmend leichtes Spiel gehabt, denn sie konnten nun darauf verweisen, dass, wer immer eine von Modou organisierte Überfahrt angetreten hatte, sicher angekommen war. Vielleicht hatte dies Modou leichtfertig werden lassen: Sein Vorhaben, die Überfahrt von Gandiole, seinem Heimatdorf, aus zu organisieren, auf die übliche Diskretion zu verzichten und, falls etwas schieflaufen sollte, auf die Zusammenarbeit mit der Gendarmerie in Saint-Louis zu zählen – all das hatte sich als Fehler erwiesen. Es hatte sich gerächt, dass er erstmalig davon abgesehen hatte, die Passagiere im Dunkel der Nacht mit kleinen Booten auf die draußen auf der Reede ankernde Piroge übersetzen zu lassen. Bei den früher von ihm organisierten Fahrten hatte sich dies auch deshalb bewährt, weil die Reisenden nicht mehr von der Fahrt zurücktreten konnten, sie hatten bezahlt und waren schon weit vom Ufer entfernt, als sie bemerkten, dass – entgegen dem, was die Anwerber großspurig behauptet hatten – weder viel Platz noch eine bequeme Piroge auf sie wartete, auch von reichlich Proviant konnte nicht die Rede sein. Manchmal lag das Boot, als sie übergestiegen waren, schon so tief im Wasser, dass die Besatzung einige der Trinkwasserfässer noch vor Antritt der Reise ins Meer warf, um den Bootskörper etwas höher über den jetzt noch ruhigen Wasserspiegel zu hieven. Aber es war stets gut gegangen.

III

Modou war jetzt ein gemachter Mann. Nachdem sie ihn jahrelang nicht hatten fassen können, hatten die Gendarmen die Suche nach ihm eingestellt, so wie er seine Tätigkeit als Schleuser. Wann immer die Beamten in Gandiole eintrafen, war Modou wie ein Phantom auf wundersame Weise unauffindbar geblieben. Oft war er auch, vielleicht auf einen diskreten Wink hin, schon vorher in der Casamance abgetaucht. Die Bemühungen der dortigen Gendarmerie waren ebenfalls erfolglos verlaufen – aus welchem Grund auch immer. „Er trägt machtvolle *gri-gris*, die ihn schützen“, sagten manche im Dorf.

Modous großes Haus, das er sich in Gandiole am Fluss gebaut hatte, sei innen gefliest, sagten die, die ihn besucht hatten. Es gäbe viele Räume, zwei Bäder. Seine zwei Ehefrauen, schon etwas aus der Form gegangene *drianke*, wohnten dort, und auch Hyacinte, seine Schwägerin. Modou ließ Remis Frau nicht im Stich.

Von seinen Einkünften hatte er zum Salzsee hin zwei Grundstücke gekauft, die er später bebauen wollte. In Ziguinchor besaß er einen Laden, der Computer, Mobiltelefone, Modems und Zubehör für digitale Technik feilbot. Zusätzlich mehrte er sein Kapital mit drei Taxis, die von einer Familie in M'Diol betrieben wurden. Die Chauffeure lieferten die Fahrzeuge mit den Einnahmen täglich vor der Dunkelheit an seinem Haus ab, weil Modou nachts kein Risiko eingehen wollte.

Remi war es anders ergangen: In einer heruntergekommenen Absteige hatte er, nach der überstandenen Internierung, zusammen mit fünf Landsleuten aus dem Boot eine erste Zuflucht auf der Insel gefunden. Es störte die Männer nicht, dass sie sich ein einziges dunkles Zimmer im Souterrain teilten, das mit zwei Reihen von Stockbetten kaum Raum dazwischen ließ. Um die nach unten führende Treppe zu erreichen, mussten sie an überquellenden Briefkästen vorbei, an mit Graffiti und Zoten verschmierten Wänden entlang und über Abfalltüten steigen, die jemand dort entsorgt hatte. Auch das Säuglingsgeschrei, das oft im Treppenhaus hallte, und die gelegentlich wütend-lautstark geführten Auseinandersetzungen in unverständlicher Sprache, die aus den oberen Stockwerken drangen, machten ihnen nichts aus. Was sie belastete, war allein, dass sie keine Arbeit finden konnten. Obwohl sie sich immer wieder darum bemühten, sich als billige Arbeitskräfte auf Baustellen, bei Straßenarbeiten oder in Obstplantagen anzudienen. Für sie war es kein Trost, dass viele der jungen, gut ausgebildeten Spanier in ihrem eigenen Land ihr Los teilten, als Erwachsene in die Wohnung der Eltern zurückziehen oder sich im nördlichen Ausland nach Beschäftigung umsehen mussten.

Remi, der ein tüchtiger Fischer gewesen war, hatte in dem, was ihm blieb, dem Straßenverkauf von billigem Tand aus Westafrika und gefälschter Luxusware, anders als mancher seiner Zimmergenossen kaum Erfolg. Es wollte ihm nicht gelingen, die Passanten in ein Gespräch zu verwickeln und ein wenig Mitgefühl auszulösen, das zu einem kleinen Verkauf hätte führen können. Als er über Monate hinweg seinen Anteil an der Miete und dem gemeinsam zubereiteten Essen nicht begleichen konnte, fand er sich von einem Tag auf den anderen auf der Straße wieder. Vielleicht hatte er sich seinen Gefährten aus dem Boot gegenüber auch nur als uneinsichtig erwiesen, übertriebenen Stolz und Härte gezeigt, die ihm jetzt nicht zugestanden wurden.

Danach hatte Remi bei den Roma Zuflucht gefunden. Nahe einem Gewerbegebiet hausten sie in aus Wellblech, Holzbrettern, Pappkartons und aufgelesenen Steinen errichteten Hütten, direkt neben den vergitterten Verschlägen ihrer *galgos*, ihrer Windhunde, die sie züchteten, mit denen sie Geschäfte machten und auf deren Platzierung im Rennen sie Wetten abschlossen. Und derer sie sich auf nicht zu beschreibende Weise entledigten, wenn sie nicht mehr schnell und ausdauernd genug liefen. Remi machte die Käfige sauber, kochte und fütterte die Tiere. Dafür durfte er bei den Roma wohnen und essen.

Als ihn seine Umgebung zusätzlich in den Marihuanahandel einbinden wollte, kam es zum Streit. Remi schaltete die Polizei ein, die wenig Begeisterung zeigte, sich in die Quartiere seiner Gastgeber zu begeben. Diese hatten Remi Rache angedroht, es würde mit ihm noch ein böses Ende nehmen. Wie die Polizei wusste auch Remi, dass sie die Messer rasch zur Hand nahmen. Trotzdem hielt er sich weiter bei ihnen auf. Er musste sich nun um die etwa vierzig Hähne und Hühner kümmern. Mit Letzteren tarnten sie, dass sie mit den Erstgenannten in Hahnenkämpfen auftraten. Weil illegal, versammelten sie ihre Kunden wie Mitglieder eines Geheimbundes in einer abgelegenen Scheune, die sich über eine lange, sich windende Zufahrt anfahren und gut überwachen ließ, sodass die Männer rechtzeitig gewarnt werden konnten. „Die lassen sich von niemand bremsen", sagte Remi zu Modou, als ihn dieser nach langer Zeit wieder einmal anrief. „Von absolut niemand." Was ihn leiden ließ, war mehr noch die eigene hilflose Situation als das Mitgefühl, das er nach den blutigen Kämpfen, angesichts ausgepickter Kämme, zerhackter Köpfe und manchmal eingerissener Augen „seiner" Hähne empfand. Niedergeschlagen strich er um die Verschläge der galgos, redete mit ihnen und suchte sich bei diesen einzigen Freunden zu trösten. Und hätte es nicht die Rückbesinnung auf Hyacinte gegeben, Remi wäre längst verzweifelt oder sogar tot. Mehr als einmal stand er an dunklen Tagen auf hohen Felsen über dem anbrandenden Meer und spielte mit dem Gedanken. Es war doch alles ohne Sinn, es wäre ein Unfall, niemand hätte gesehen, wie er ertrunken wäre. Aber dann packten ihn sehnsuchtsvolle Fantasien, er schloss die Augen und erinnerte sich an Hyacintes liebevolles Lächeln, an ihren mädchenhaften Körper, und er tröstete sich in der Gewissheit, dass sie auf ihn wartete. Er wollte Hyacinte wiedersehen, mit ihr leben, Kinder haben. In diesem Bewusstsein wanderte er auf den Pfaden zwischen den Klippen und Felsen zurück. Er schöpfte neuen Mut wie ein müder Wanderer, der, das noch ferne Ziel vor Augen, nicht davon ablässt. Auch Modou würde helfen, wenn es gar nicht mehr gehen sollte, aber noch war er zu stolz, sich selbst und seinem älteren Bruder einzugestehen, wie oft er verzweifelte. Und er wusste doch, Allah würde ihn nicht verlassen.

IV

Jetzt war Remi schon drei Jahre fort. Die Zeit verging langsam und stetig und Hyacinte fürchtete manchmal, dass sie Remi, sollte er jemals zurückkehren, nicht gleich wiedererkennen würde.

Offenbar lag dies noch in weiter Ferne, denn er hatte kein Geld, keine Papiere, keine Arbeit. „Ich sitze fest", sagte er zuletzt mit resignierter Stimme, als sie ihn über das Mobiltelefon anrief. Um sich selbst musste sich Hyacinte dagegen keine Sorgen machen, Modou ernährte sie mit, in seinem Haus mit seinen beiden Ehefrauen.

Wie es kam, dass sich die Dinge änderten? Vielleicht weil Remi lange abwesend war und doch zu vermuten war, dass Hyacinte wusste, wie man einem Mann als Frau zu Diensten sein konnte, vielleicht weil sie keinen Vater mehr hatte, weil sie oft allein und traurig gewesen war, weil sie als zartes Mädchen neben den zwei drianke im gleichen Haushalt lebte, sich verpflichtet fühlte, abhängig war und Angst hatte, sich zu widersetzen? „Weil sie keine aus dem Leim gegangene Matrone ist wie seine beiden Ehefrauen", meinte einer der Nachbarn und drückte damit aus, was viele der Burschen in Gandiole glaubten. Die Dorfbewohner munkelten, Modou hätte sie schon lange herumkriegen wollen. Hyacinte wurde schwanger. Einige Monate vor der erwarteten Niederkunft kehrte sie zu ihrer Mutter nach Dakar zurück. In Gandiole konnte sie jetzt nicht mehr bleiben. Die Schwangerschaft wurde abgebrochen. Sie nannte jedoch den Namen des Erzeugers. Modous Mutter behauptete daraufhin, es sei ein anderer gewesen, Hyacinte sei manchmal abends ins Dorf gegangen. Modou berührte die Sache weniger, er gab sich unbekümmert, bis Hyacinte vor Kurzem in sein Haus zurückkehrte.

Barcelona oder der Tod

I

Unschuldig glitzert das Meer im Licht der morgendlichen Sonne. Weit draußen schwimmt ein Pelikan. Schwarz glänzende Kormorane überqueren im Formationsflug die mit Gebüsch bestandene Dünenzunge und fliegen weiter flussabwärts. Vielleicht zur Ile des Oiseaux, der Vogelinsel, auf der sich Zehntausende Pelikane, Kormorane, Enten, Wildgänse und Flamingos friedlich zusammendrängen.

Am Ende des Strandes verdichtet sich ein Punkt allmählich zu einer Person, einem Strandgänger. Bei Ebbe sucht er den Meeressaum und die Sandflächen, die zuvor die Wassermassen der Flut überschwemmt haben, nach Treibgut ab und findet angelandete Holzbalken, eine über Bord geblasene Ölzeugjacke, einen an Luft und Sonne getrockneten Rochen.

Dann die bunt bemalten Trümmer einer zerbrochenen *Piroge*. Wellen und Strömung haben sie über mehrere Kilometer verteilt. Die tiefblaue Bugspitze hat sich in den Sand gebohrt. Bretter aus Tropenholz, so schwer, dass selbst ein starker Mann sie kaum heben kann, Serien langer verrosteter Eisennägel, Teer und Baumwollgaze. Der Kiel des umgestürzten Bootskörpers muss einstmals ein grandioser Tropenbaum gewesen sein, dessen Stamm auf der Außenseite glatt geschliffen und innenseitig ausgehöhlt wurde.

Das geborstene Heck der Piroge kann der Strandgänger in der Ferne sehen, denn es hat sich aus der Meereslinie eigenartig aufgerichtet. In wenigen Minuten wird er die Bruchstücke der gelbrot-weiß gestrichenen Bordwände erreichen. Auf seinem Weg liegen gelbe Treibstoffkanister, eine Vielzahl vom Wind zerstreuter, leerer Wasserflaschen, durchlöcherte Turnschuhe, mit gefärbtem Glas bestrasste Slipper, Sandalen, Gummistiefel.

II

Am 17. Oktober strandete eine Piroge auf der Meerseite der Langue de Barbarie, gegenüber von Gandiole. Sie war zuvor auf der vorgelagerten Sandbank aufgesessen. Dort einstürzende Brecher erfassten die manövrierunfähige Piroge, warfen sie hin und her. Panisch sprang einer der Passagiere ins Wasser und ertrank – er konnte nicht schwimmen. Ein zweiter, der ihm nachgesprungen war, ertrank, nachdem ihn der sich neigende Bootskörper am Kopf getroffen hatte.

Etwa sechzig Männer retteten sich an Land. Der Kapitän überquerte die Dünenzunge und durchschwamm in voller Kleidung den Senegalfluss, um Hilfe zu holen. Die beiden Toten wurden wenige Stunden später im Sand verscharrt. Ohne dass die Stelle markiert, ohne dass ihre Identität, die Herkunft oder Nationalität festgehalten wurde. Wie auch die später angeschwemmten vielen weiteren Leichen.

III

Givril, 64 Jahre, Fischer in Gandiole

Ich war der Erste am Unglücksort. Morgens um sechs Uhr bin ich mit meiner Piroge ans andere Flussufer gefahren. Ich habe dort eine *pépinière*, einen kleinen Garten. Ich wollte nach meinen Pflanzen sehen.

Plötzlich war ich von etwa zehn Männern umringt. Sie waren aus den Büschen getreten und baten mich, sie ins Dorf überzusetzen. Auf meine Frage gaben sie an, eine Piroge habe sie abgesetzt und sei danach wieder in See gestochen. Die Männer waren aus Mali, Gambia, Guinea, aber es gab auch Senegalesen.

Ich wusste sofort, dass sie lügen. Eine große Piroge, die mehr als zehn Mann transportiert, kann nicht über die Sandbank hinweg und wieder zurück, ohne Schaden zu nehmen. Ich habe ihnen gesagt, dass sie *clandestins*, dass sie Flüchtlinge sind, wollte aber helfen. Deshalb habe ich sie über den Fluss ins Dorf gebracht. Mein Sohn ist ja auch als clandestin auf die Kanarischen Inseln und danach auf das spanische Festland gelangt. Ich habe geweint, als er mich am Tag der Abfahrt anrief. Ich hatte Angst, denn er ist mein ältester Sohn. Er ist nun dreiundzwanzig Jahre alt, und es war doch meine Hoffnung, dass er für seine Familie sorgt. Er will aber nicht zurück. Mit fünf Senegalesen wohnt er zusammen in einem Zimmer. Er ist Händler, das heißt, er verkauft Gürtel, Sonnenbrillen und ähnliche Sachen. Er hat jedoch versprochen, zurückzukehren, wenn ich sterbe oder sehr krank werde. Damit muss ich mich zufriedengeben. *Dieu est grand!* Gott ist groß!

Moussa, 39 Jahre, ehemals Fischer

Das mit den Flüchtlingen ist ein Problem. Plötzlich war es, als ob im Dorf ein Fieber ausgebrochen wäre. Alle wollten sie weg nach Spanien. *Barsac ou Barca. Barsac* heißt Tod in der Sprache der *Wolof*. Tod oder Barcelona. In Spanien liegt die Zukunft. Hier im Dorf gibt es keine Arbeit und der Fisch wird immer weniger. Manche unserer Fischer arbeiten jetzt vor der mauretanischen Küste oder im Meer vor Guinea. Sie müssen an die dortigen Behörden hohe Gebühren entrichten. Tun sie das nicht und werden erwischt, ziehen sie die Pirogen, den Motor und die Netze ein. Der

Treibstoff hat sich im Preis verdoppelt. Zwar subventioniert die Regierung das Benzin für die Fischer, aber es ist nur selten verfügbar. Der Fang trägt oft die Kosten des Benzins nicht mehr.

Auch mein Bruder Babacar ist weg. Schon vor einem Jahr. Ich konnte ihn nicht zurückhalten. Ich habe alles versucht. Sie sind von Mbour in der Nähe von Dakar gestartet. Etwa zweihundert Kilometer vor den Kanarischen Inseln fiel der Motor aus. Danach trieben sie tagelang hilflos im offenen Meer – insgesamt waren sie dreizehn Tage unterwegs –, bevor sie durch Zufall ein Flugzeug der spanischen Küstenwache im Radar erfasste. Viele waren da schon gestorben. Babacar hatte Glück. Es half ihm, dass er lange Jahre selbst Fischer war und das Meer kennt.

Auf Gran Canaria hat man anfangs alle, die überlebten, festgesetzt, später aber wieder freigelassen. Nur der Kapitän ist seit einem Jahr interniert. Die spanische Polizei interniert alle Kapitäne, sofern es gelingt, herauszufinden, wer das Boot gesteuert hat.

Irgendwann wird sich das Problem dadurch erledigen, dass es keine erfahrenen Pirogenkapitäne mehr gibt. Sie waren die Ersten, die wegwollten und den Weg über den Atlantik in der Piroge wagten. In Babacars Boot waren allein siebzehn Bootsführer, die eine Piroge zu steuern und zu navigieren verstehen, als zahlende clandestins. Die Preise für die Überfahrt liegen – im gleichen Boot – zwischen dreihunderttausend und siebenhunderttausend Franc. Umgerechnet sind das etwa fünfhundert bis tausend Euro. Für die Flüchtlinge die Ersparnisse von Jahren, Geld von Nachbarn und ihrer Familie und auch Schulden. Die jetzt noch verfügbaren Kapitäne können vielleicht an der Küstenlinie fischen, aber es sind keine erfahrenen Bootsführer für lange Seereisen. Eine Piroge im stürmischen Meer zu steuern ist keine einfache Sache.

Aber auch mit den Pirogen gibt es Probleme: Die hier im Norden gebauten Boote haben einen spitzen oder stark gewölbten Kiel und können in den Wellengang eintauchen. Die Pirogen aus der *Casamance*, Gambia oder Guinea werden für ein sanfteres Meer gebaut. Im Süden ist die See viel ruhiger. Die dortigen Boote haben üblicherweise einen flachen Boden aus Tropenholz. Solche Pirogen können nur schlecht in die Wasseroberfläche eindringen, wenn sie sich bei Seegang wieder und wieder aufbäumen. Bei hohen Wellen, die wir im Meer vor Saint-Louis und insbesondere vor den Küsten Mauretaniens und Marokkos häufig haben, schlagen sie auf der Wasseroberfläche zu heftig auf. Das Boot wird dadurch zu stark erschüttert, das Dichtungsmaterial der Fugen zwischen den Brettern und die Verbindungsnägel dazwischen lockern sich, die Piroge beginnt zu lecken, nimmt immer mehr Wasser auf, bis das Ende kommt.

Eine Piroge voller Männer aus unserem Dorf und den Nachbardörfern Pilote, Njeben und Mouit, die in Gandiole aufgebrochen war, ist seit Jahren verschollen. Niemand weiß, wo die Passagiere geblieben sind. Fast zweihundert. *Ils sont foutus.* Sie sind verloren.

Manche der Männer hatten sich von ihren Eltern, ihren Frauen oder Geschwistern nicht verabschiedet. Aus Angst, man würde sie zurückhalten, die Polizei könnte es erfahren, den Plan zunichtemachen. Unsere Regierung will diese Sachen nicht mehr. Deshalb hatten sie vor, erst nach ihrer Ankunft auf den Kanarischen Inseln oder dem spanischen Festland zu telefonieren. Aber sie sind nie angekommen. Wenn sich die Kinder nicht mehr melden, wissen die Eltern nicht, ob sie im Meer den Tod fanden oder aus anderen Gründen verschwunden sind.

Eyram, 45 Jahre, Fischhändlerin in Gandiole

Gegen Mittag ist die Situation in Gandiole eskaliert, Polizisten hatten die fremden Männer auf dem Dorfplatz umstellt. Ich habe noch nie so viele Polizisten auf einmal gesehen. Hier in Gandiole haben wir gar keine Polizeistation. Man sagt, dass drei Brigaden

Gendarmerie aus *Saint-Louis* angerückt waren. Einige Männer wollten fliehen, schafften es jedoch nicht. Die Polizisten schlugen mit Knüppeln auf sie ein. Überall im Dorf konnte man das Geheul und Wehklagen hören.

Offenbar versuchte die Polizei, die Identität der etwa sechzig Schiffbrüchigen festzustellen. Das war nicht leicht. Alle waren erschöpft und durchgefroren. Manche hatten sich verletzt und bluteten. Es waren überwiegend keine Senegalesen. Pässe oder Kennkarten hatten sie nicht. Die Namen, die sie nannten, waren vermutlich falsch.

Die Polizei durchsuchte auch eine Reihe von Häusern. In einem tauchte ein Yamaha-Motor mit vierzig PS auf. Der Mann, bei dem man den Motor fand, gab an, dass er ihn vom Kapitän der gestrandeten Piroge für hundertfünfzigtausend Franc gekauft, allerdings noch nicht bezahlt habe. Ein solcher Motor kostet in Saint-Louis zwei Millionen Franc, mehr als das Zehnfache! Die Polizei zog den Motor ein und führte den Mann in Handschellen ab. Wir kennen diesen Mann. Es ist der Sohn des Schneiders. Wir wissen, dass er schon zwei Mal eine Überfahrt auf die Kanarischen Inseln organisiert hat. Beide Pirogen sind angekommen. *Alhamdulillah!* Gott sei Dank! Jetzt wohnt er in einem neuen Haus. Besser gesagt, es ist ein Palast, der sogar von außen gefliest ist. Angeblich hat er mit den Überfahrten über fünfzig Millionen Franc eingenommen. Er fährt nun auch einen *tout-terrain*. Man redet davon, dass er früher sein Geld mit Schmuggelware aus Gambia verdient hat. Zigaretten, Zucker und andere Sachen.

Bei einem anderen Dorfbewohner hat man vier volle Kanister Treibstoff gefunden. Auch dieser Mann und der Kapitän der gestrandeten Piroge wurden in Handschellen abgeführt, die Kanister hat die Polizei eingezogen. Zwei Tage später wurden alle freigelassen. Der Mann, bei dem man den Motor gefunden hat, musste angeblich eine Strafe von einer halben Million Franc zahlen.

IV

Das sei schon sein zweiter Versuch gewesen, sagt mir ein junger Mann aus der gestrandeten Piroge. Wenn es interessiert, könne er das genauer erzählen. „Schreib es besser auf“, fordere ich ihn auf.

Unsere Piroge war etwa siebzehn Meter lang, etwa zwei Meter breit und mit zwei Vierzig-PS-Yamaha-Motoren ausgerüstet. Solche Pirogen benützen die Fischer bei einer Besatzung von zehn bis fünfzehn Mann. Auf meiner ersten Reise waren wir hundertzwanzig Personen in der Piroge, die in engen Reihen hintereinander saßen. Wir hatten die folgenden Vorräte dabei:

15 Treibstoffkanister à 200 l
100 Behälter mit jeweils 20 l Wasser
3 Säcke Reis
2 Flaschen à 20 l Erdnussöl
2 Säcke Trockenfisch
50 Säcke Kekse
2 Säcke Milchpulver
Kaffee
2 Säcke Zucker
3 Gasflaschen
11 Säcke Holzkohle

Am 12. August sind wir von Diogué in der Casamance in See gestochen. Wir fuhren einige Tage lang nordwärts, immer in Sichtweite zu der Küste. Die ersten acht Tage auf See hatten wir recht gutes Wetter, und ich kann dazu nicht viel sagen. Vielleicht, dass es unglaublich eng war. Man konnte sich kaum rühren, tagelang. Gleißende Sonne tagsüber und ein unaufhörliches Schaukeln im Wellengang. Geschlafen haben wir in Schichten, auf einem eingeschobenen Holzpodest. Wer das nicht erlebt hat, kann sich die Verhältnisse in der Piroge nicht vorstellen. Zweimal am Tag gab es etwas zu essen. Ein Glas Kaffee mit Trockenmilch und eine Packung Kekse zum Frühstück, das wir gegen Mittag einnahmen. Abends, bevor die Sonne unterging, aßen wir Reis mit Trockenfisch.

In der Nacht zum zehnten Tag schlug das Wetter um und es kam starker Wind auf. Das Meer war stürmisch, und hohe Wellen liefen aus wechselnder Richtung auf uns zu. Einige begannen zu beten, viele andere laut den baldigen Tod zu beklagen. Nach vielstündigem Manövrieren in schwerer See ordnete der Kapitän die Umkehr beziehungsweise Rückkehr an. Diese Nacht war besonders finster. Deshalb war es für den Kapitän schwierig, die Piroge in den Wellen auf Kurs zu steuern. Um zwei Uhr morgens überspülte uns eine massive Welle, die Piroge war augenblicklich voller Wasser. Als wir das Boot ausschöpften, stellten wir fest, dass der Brecher drei von uns über Bord gerissen hatte.

Die Rückfahrt war dann einfacher, da die Piroge nicht mehr in Fahrtrichtung gegen die Wellen ankämpfen musste. Nach drei weiteren Tagen sind wir an Land gegangen. Bis dahin waren sechs weitere Männer an Hunger, Durst und Erschöpfung gestorben.

Am zwölften Tag liefen wir in den Hafen von Nouadhibou in Mauretanien ein. Die dortige Polizei hatte uns bereits früher ausgemacht und mit ihrem Boot in den Hafen begleitet. Zwei Tage quartierten sie uns in einer leeren Schule ein. Dann brachte man uns an die senegalesische Grenze nach Rosso und entließ uns.

Kaum zwei Monate später habe ich einen zweiten Versuch unternommen, nach Spanien zu gelangen. Ich habe die Seereise zusammen mit meinem besten Freund angetreten, den Allah in sein Paradies aufgenommen haben möge. Er ist auf der Reise gestorben, die hier auf der Langue de Barbarie ihr Ende gefunden hat. Niemals im Leben werde ich diese Fahrt vergessen:

Wir waren einhundertdrei Männer in einer ähnlichen Piroge mit vergleichbarer Bevorratung. Wir sind erneut im Süden der

Casamance, wieder in Diogué, gestartet. Der Kapitän steuerte das Boot diesmal von Anfang an in internationale Gewässer, weitab von der Küste. Von dort aus liefen wir mit Kurs nach Norden. Im Nachhinein muss ich sagen, dass die Piroge in keinem guten Zustand gewesen sein kann. Bei bewegtem Meer hatten wir es bis vor die marokkanische Küste geschafft, als die Piroge mehr und mehr zu lecken begann. Es war wieder in der Nacht, als wir feststellten, dass wir gegen die eindringenden Wassermassen nicht mehr ankommen würden. Obwohl sechs von uns mit Eimern unaufhörlich das Wasser ausschöpften. Der Kapitän ordnete deshalb an, einen Teil der Vorräte über Bord zu werfen, um das Gewicht der Piroge zu verringern. In der Dunkelheit begannen wir, in großer Panik die Wasserbehälter und sogar einige Treibstoffkanister über Bord zu werfen. Nachdem der Kapitän kurz zuvor die Umkehr befohlen und das Boot gewendet hatte, gingen wir davon aus, dass wir bald darauf die Küste erreichen würden.

Am nächsten Morgen stellten wir fest, dass wir alle Trinkwasserbehälter ins Meer geworfen hatten. Es war unser sechster Tag auf See, und viele unter uns waren schon sehr erschöpft. Es standen uns aber noch mehrere Tage bevor, ohne dass wir Reis und Trockenfisch oder auch nur Kekse zu essen oder etwas zu trinken hatten. Einige, die völlig verzweifelt waren, schöpften Meerwasser und mischten Kaffee- und Milchpulver hinein, um es trinkbar zu machen. Danach erbrachen sie sich nur noch. Die Tage in der grellen Sonne und dem unaufhörlichen Wind waren schlimm, die Nächte aber noch furchtbarer. Als uns das Licht des Morgens erreichte, stellten wir fest, dass während der Nacht über ein Dutzend Personen gestorben waren. Wenn sie am Rand des Bootes gesessen hatten, waren sie einfach über Bord gegangen. Andere waren nach vorne oder rückwärts zwischen den Beinen der eng sitzenden Männer aufgeschlagen. Jeden Morgen haben wir die Toten über Bord geworfen. An Bord kannst du keine Toten haben! An den drei Tagen unserer Rückfahrt starben fast fünfzig von uns. Auf die Stimmung, die Angst und das Wehklagen möchte ich nicht weiter eingehen.

Was mich betrifft, war ich die letzten Tage nachts von zwei großen Frauen mit langem, wallendem Haar umgeben. Ich konnte sie deutlich sehen und fürchtete mich sehr. Denn ich wusste, es waren nur Männer an Bord gegangen. Ich habe sehr oft die Koransure *Al-Baqarah* gebetet, die die Gläubigen vor unheimlichen Begebenheiten schützt. In den vielen Jahren zuvor, in denen ich als Fischer auf dem Meer arbeitete, hatte ich so etwas nie erlebt. Ich weiß aber, dass Leute, die das Meer nicht kennen, in ihrer Erschöpfung Halluzinationen haben und Chimären sehen. Heute glaube ich, dass es *Dschinn* waren. Sie sind im Koran beschrieben und können gut oder böse sein. Die Dschinn sind unter uns, sehen uns, wir sie aber nicht. Böse Dschinn befallen manchmal eine Person und verbergen sich in ihr. Ein berühmter *Marabout* in Dakar kann diese – aber nicht immer – austreiben. Leute aus der ganzen Welt reisen zu ihm. Ich bin überzeugt, die beiden Frauen waren gute Dschinn und zu meinem Schutz entsandt.

Am Morgen des dritten Tages unserer Rückfahrt – insgesamt waren wir neun Tage auf dem Meer – entschloss sich der Kapitän, die Piroge auf den Strand der Langue de Barbarie zu setzen. Wir sind jedoch auf der vorgelagerten Sandbank aufgelaufen. In den Brechern ist das Boot gekentert und auseinandergebrochen. Dabei haben zwei von uns den Tod gefunden. Kurz zuvor, als der Tag dämmerte, hatten wir die vielen anderen, die in dieser Nacht verstorben waren, über Bord geworfen. Einige von ihnen sollen später an Land getrieben worden sein. Die Toten wurden auf der Langue de Barbarie im Sand vergraben. Von den einhundertdrei Personen haben siebenundfünfzig überlebt, zum Teil verletzt oder schwer krank, einige auch nur völlig erschöpft. Sechsundvierzig von uns haben das Leben verloren.

Wie wir dann ins Dorf gekommen sind und wie die Polizei uns behandelt hat, das möchte ich nicht erzählen. Es war schon

Nacht, als ich in meinem Elternhaus ankam. Um meine Eltern nicht mitten in der Nacht zu erschrecken, schlich ich mich heimlich in meine Kammer. Als ich am Morgen in den Hof hinunterging, saßen meine Eltern beim Frühstück. Meine Mutter sagte nur einen einzigen Satz: „Du hast es wieder nicht geschafft."

Malick – wir werden dich töten!

I

Als an einem Freitag im Februar spätabends das Telefon klingelte, hatte ich keine Lust, den Hörer abzunehmen. Doch dann überwog das unbestimmte Gefühl der Verantwortung; es könnte etwas Wichtiges sein, das ich wissen sollte. Dass es Malick war, der anrief, überraschte mich.

Nachdem wir die Rituale der Begrüßung absolviert hatten, beantwortete er meine Frage nach seinem Befinden mit den Worten: „Es geht mir nicht gut, ich fühle mich sehr schwach, habe einfach keine Kraft. Nach deiner Abreise hat es angefangen. Zuerst dachte ich, es ist eine Erkältung, denn ich musste viel husten. Bekam schlecht Luft."

„Du solltest zum Arzt gehen, Malick, dein Blut untersuchen lassen. Vielleicht hast du Amöben wie meine Schwester letztes Jahr. Sie hatte sich auch wochenlang kraftlos gefühlt."

„Ich war bereits beim Arzt. Im Krankenhaus von *Saint-Louis*. Er sagt, ich habe ein deutlich vergrößertes Herz, eine Myokardiopathie."

„Was bedeutet das?"

„Er hat mir Medikamente verschrieben. Ich soll in sechs Wochen wiederkommen. Wenn du willst, kannst du selbst mit ihm sprechen. Soll ich dir seine Nummer geben?"

II

Noch lange nach dem Telefonat mit Malick saß ich ratlos im Zimmer. Was ich gehört hatte, konnte ich kaum glauben. Zu frisch waren die Erinnerungen an die Ereignisse des vergangenen Ferienmonats in Gandiole. Unser Haus am Fluss, das Boot und den Garten hatte ich in allerbestem Zustand vorgefunden. Malick, der für das Anwesen übers Jahr verantwortlich war, wirkte kraftvoll, energiereich und hatte mich fröhlich begrüßt. Wie immer hatte er morgens den Außenbordmotor geschultert, zusammen mit dem Benzinkanister zum Boot geschafft und dieses an der Ankerkette ins tiefere Wasser gezogen. Zuvor hatte er die im Heck liegenden schweren Sandsäcke wie Spielzeug verrückt und unsere Hunde einzeln in die Piroge gehoben.

Lange Jahre hatte sein Vater unser Ferienhaus betreut. Als man bei ihm, Mitte fünfzig, Lungenkrebs diagnostizierte, war es sein Wunsch, dass Malick, sein ältester Sohn, dieses Amt übernehmen sollte. Seine Mutter war bereits zwei Jahre zuvor bei der Geburt des zehnten Kindes gestorben. Aufgewachsen war Malick bei einem Apotheker in Saint-Louis. Im Haus des Ziehvaters herrschte immer reger Betrieb, im Laden wie auch eine Etage höher im Haushalt. Der Apotheker, ein Junggeselle aus dem Libanon, lebte in einem familiären Verbund mit seinen ebenfalls unverheirateten, ältlichen Schwestern. Sie liebten es, nicht nur zu den kirchlichen Festen, die zahlreiche Verwandtschaft zu beherbergen und über Tage hinweg zu verköstigen. Alle freuten sich auf das, was Cäcilie, die Köchin, auf den Tisch brachte. Als kleiner Junge war Malick oft bei ihr in der Küche gewesen, um die Deckel der Töpfe zu heben, die im Dampf aufsteigenden Gerüche zu schnuppern und die ausgefransten Kochbücher durchzublättern. Er war selbstbewusst genug, sich für das zu begeistern, was im Senegal Frauensache war. „Wenn du nicht unser Haus betreuen würdest, könntest du als Koch arbeiten“, scherzte ich manchmal mit ihm.

Der Apotheker hatte Malick wie einen Sohn behandelt. Ohne eigene Kinder hatte sich seine Liebe auf ihn fokussiert. Vielleicht auch, um mit seiner körperlichen Behinderung besser zurechtzukommen. Ihre Natur lag im Dunkeln, hatte etwas Mysteriöses an sich. Er hinkte sichtbar, seine langen Hosen erschienen sonderbar aufgewölbt. „Er hat ein drittes Bein", munkelten manche. Am Wochenende war der Apotheker oft mit Malick aus dem von zu vielen Frauen bevölkerten Haushalt geflohen. Sie hatten auf dem zwischen Fluss und Meer eingeschlossenen Dünenstreifen gezeltet und in hohen Schaftstiefeln bis zur Hüfte im Wasser gestanden, um zu fischen. Oder sie waren mit dem allradgetriebenen Toyota in die Savanne gefahren. In der Nähe der *marigots,* der Süßwasserteiche, hatten sie Fasane, Wachteln und wilde Tauben geschossen. Wenn der Außenborder mitten im Fluss plötzlich stehen geblieben war, wenn sich die von den Fischern ausgelegten Netze in der Schraube verheddert hatten oder sich der Toyota in der Sandpiste eingegraben hatte und nichts mehr vor- und zurückgegangen war, hatte Malick solche Probleme lösen können. Mit Umsicht und beachtlicher Muskelkraft.

Als Malicks Vater gestorben war, hatte der Apotheker den Beschluss gefasst, seinen ihm zur Erziehung anvertrauten Sohn zu adoptieren. Vielleicht weil Malick aus einer ärmlichen, schwarzafrikanischen Familie stammte und als Sohn einer wohlhabenden, libanesischen Familie nicht gut genug erschien? War es die Angst gewesen, ein beträchtliches Erbe später teilen zu müssen? Oder hatte es noch einen anderen Grund gegeben? Ausgesprochen wurde es nie, aber die Schwestern des Apothekers waren strikt dagegen. Eine Adoption kam für sie nicht in Betracht. Nicht in dem von ihnen betreuten Haushalt. Als Malick davon erfuhr, war er tief erschüttert. Noch am gleichen Tag verließ er die Apotheke.

So konnte er in unsere Dienste wechseln. Mit ihm und durch ihn fühlten wir uns sicher, hier am Dorfende von Gandiole am

Ufer des Senegal, in einem islamischen Land, in dem wir als *Toubab* in den Ferien wohnten. Seitdem hatte Malick umsichtig, stets voller Energie und gut gelaunt unseren Besitz in Schuss gehalten. Und er hatte eine eigene Familie gegründet. Über die Jahre war sie auf zwei Ehefrauen und fünf Kinder angewachsen.

III

„Herr Doktor, es geht um Ihren Patienten Malick Diagne. Ich rufe aus Deutschland an. Er ist unser Angestellter. Nein, das trifft es nicht: Malick ist wie unser Sohn, er gehört zu unserer Familie. Wir machen uns große Sorgen! Hat er meinen Anruf angekündigt und Sie autorisiert, mich über seinen Gesundheitszustand zu informieren?"

„Ja, seine Unterlagen liegen vor mir. Ich darf gleich zur Sache kommen: Wir haben Ultraschallaufnahmen des Herzens angefertigt, es ist stark vergrößert."

„Weiß man, woher das kommt; hatte er vielleicht eine Infektion und sich übernommen? Oder ist es etwas anderes?"

„Die Ursache kennen wir leider nicht. Wie ich schon sagte, das Herz ist vergrößert, das müssen wir therapieren. Das tue ich."

„Was passiert jetzt genau? Und wie sieht Ihre Behandlung aus? Bitte entschuldigen Sie meine laienhaften Fragen."

„Er soll sich nicht überanstrengen und die Medikamente nehmen, die wir ihm verschrieben haben. Es sind Betablocker, wenn Sie wissen, was das ist. Außerdem Tabletten, die entwässern. Und er sollte Salz vermeiden."

„Kann Malick damit leben? Oder ist sein Zustand bedrohlich? Er hat zwei Frauen und fünf Kinder, die von ihm abhängig sind."

Ich erwähnte nicht, dass auch meine Familie sich durch ihn beschützt fühlte. Dass wir ihn gern hatten. Weil er mit uns lachen konnte, selbst wenn die im Scherz ausgesprochenen Worte seine

Werte berührten. Er, der in Mekka, wie die anderen Pilger, auf den Teufel Steine warf! Wir hatten ihn gern, weil er wie wir kalte Cola light liebte und, als wir ihn in seinem Haus besuchten, im Dorf zwei Coca-Cola-Dosen und Eis für uns besorgt hatte. Weil er in unserer Abwesenheit in unserem Gästehäuschen schlief, um nachts vor Ort zu sein, ohne dass wir ihn jemals darum gebeten hatten. Weil er unsere Hunde gut versorgte, obwohl ihm Haustiere als bloße Gefährten fremd waren. Ich erwähnte auch nicht, dass ich seine praktische Intelligenz bewunderte, die mir – trotz eines Jahrzehnts an der Technischen Hochschule – abging.

„Ich höre Sie nicht mehr“, sagte die Stimme am anderen Ende der Leitung.

„Kann Malick damit leben, Herr Doktor?“, fragte ich.

„Ja, er kann damit leben. Andere haben auch ein vergrößertes Herz und werden alt damit. Er muss halt aufpassen.“

„Gibt es irgendetwas, das ich beitragen kann? Ich möchte gerne helfen.“

„Die Medikamente bezahlen, das ist alles.“

Letztlich musste erst vor Ort geklärt und entschieden werden, ob Malick bei uns in Europa – durch Spezialisten mit der hier üblichen Medizintechnik – besser behandelt werden könnte, sagte ich mir. Sobald es möglich war, würde ich zu ihm reisen. Nicht jedoch, bevor ich mich hier weiter informiert hatte. Ich beschloss, einen befreundeten Münchner Kardiologen aufzusuchen. An einem Modell demonstrierte er mir, wie sich das Herz zunehmend schwächte und deshalb vergrößerte.

„Wie kann ich erkennen, ob es ernst ist?“, wollte ich wissen. „Sind Ultraschallaufnahmen verlässlich oder bedarf es zusätzlicher Untersuchungen?“

„Achte auf drei Dinge“, sagte er. „Wenn er bläulich verfärbte Lippen hat, wenn sich beim Eindrücken des Daumens in die Unterschenkel die Druckstelle nicht gleich wieder glättet und wenn er mit dir eine Strecke geht und nicht mehr spricht, dann ist es ernst. Du kannst mich in diesem Fall jederzeit vom Senegal aus anrufen. Oder mir ein Fax schicken, wenn du spezielle Auskünfte brauchst. Ich werde mich unverzüglich darum kümmern."

IV

Alles schien wie immer, als ich Malick drei Monate später wieder traf. Er holte mich am Flughafen ab, steuerte den Landrover geduldig durch das Menschengewühl, das sich um die entlang der Zufahrt aufgebauten Verkaufsstände drängte. Als wir am Haus ankamen, sah ich, dass er die Büsche und Sträucher im Garten frisch geschnitten hatte. Vor dem Ferienhaus schlug mir Bratengeruch entgegen. Ich beschloss, das Thema „Krankheit" zunächst ruhen zu lassen.

Am Folgetag nach dem Frühstück erschien mir die Gelegenheit günstig, Malick auf den Allgemeinarzt anzusprechen. Nachdem wir die neu gestrichene Piroge besichtigt hatten, saßen wir am Flussufer und blickten auf die vorbeitreibenden Fluten. Der Arzt hatte die ersten Untersuchungen durchgeführt: eine Röntgenaufnahme der Lunge veranlasst, das Sputum analysieren lassen und durch Ultraschall das vergrößerte Herz festgestellt. Daraufhin hatte er Malick an den Kardiologen des Krankenhauses überwiesen. Die Aufnahmen waren dem Patienten mitgegeben worden. Ich bat Malick, sie mir vorzulegen: Das Röntgenbild der Lunge, das ersichtlich im ungünstigen Winkel erstellt worden war, ließ sich kaum deuten. Was zu sehen war, hatte der Arzt minutiös festgehalten, aber ohne jegliche medizinische Bewertung! So war von einem opaken „arrondierten" Fleck im rechten Lungenflügel die Rede mit „einem Durchmesser von ungefähr 2 bis 2,5 cm im Bereich des Lateralbogens der 7. Rippe und des hinteren Teils der 9. Rippe". Die Normalmaße eines gesunden Herzens waren im Formblatt zur Ultraschalluntersuchung moderat überschritten.

Um den Befund besser zu verstehen, beschloss ich, den Allgemeinarzt aufzusuchen. Am Nachmittag desselben Tages saß ich mit Malick im schattigen Wartekorridor seiner Praxis neben tiefverschleierten Frauen, halbnackte Babys mit triefenden Nasen auf dem Schoß, und Greisen, die ihre müden, eingefallenen Augen hinter Sonnenbrillen verbargen. Aber auch neben jungen Männern, von denen ich an einem anderen Ort angenommen hätte, dass sie vor Gesundheit strotzten.

Endlich wurden wir vorgelassen. Ich stellte mich vor und bat den Arzt, mir das Krankheitsbild Malicks zu erläutern. Vielleicht könnte ich helfen: hier nicht erhältliche Medikamente besorgen, weitere Untersuchungen in einem spezialisierteren Labor veranlassen ...

„Sie haben einen Doktortitel, sind Sie Kollege?", fragte der Arzt.

„Nein, Chemiker und Patentanwalt. Durch gerichtliche Auseinandersetzungen um Arzneimittel konnte ich mir da und dort medizinische Grundkenntnisse aneignen. Halbgebildeter Laie sozusagen. Ich sorge mich um Malick, der mein Mitarbeiter, Verwalter, was auch immer ist, vor allem aber Familienmitglied, das will ich betonen, er ist wie ein Sohn."

„Sie wissen, er hat ein vergrößertes Herz, deshalb habe ich ihn zum Spezialisten überwiesen. Alles, was mit dem Herzen zu tun hat, sollten Sie besser ihn fragen."

„Ich bin sehr überrascht, dass Sie akzentfrei Deutsch sprechen, haben Sie vielleicht in Deutschland studiert?"

„Ich habe dort studiert und danach in einem Krankenhaus in Leipzig gearbeitet. In der internistischen Abteilung. Insgesamt war ich fünfzehn Jahre in Deutschland."

„Haben Sie eine Vermutung, wie es zu der Myokardiopathie gekommen sein könnte? Von einem Tag auf den anderen? Im Januar war Malick noch kerngesund."

„Nein, was die Ursache ist, weiß ich nicht. Wie gesagt, suchen Sie bitte den Herzspezialisten auf."

„Haben Sie eine Blutuntersuchung veranlasst? Liegt eine Infektion vor? Haben möglicherweise Mikroorganismen das Herz geschädigt?"

„Nein, das habe ich nicht. Wissen Sie, in Deutschland ist das anders. Dort steht alles zur Verfügung. Eine Analyse durchführen kann man hier zwar auch, aber nicht jede. Deshalb muss man vorher wissen, worauf man prüft. Dieses Wissen fehlt uns im vorliegenden Fall."

„Dann wissen wir also nicht, ob Malick eine Infektion hatte? Oder von Amöben befallen ist, die sich irgendwo in einem Organ eingenistet haben?"

„Wir haben sein Sputum untersucht, um Tuberkulose auszuschließen. Die hat er nicht."

„Sie vermuteten einen Zusammenhang mit der Lunge?"

„Ja, aber Tbc hat er nicht."

„Weiß man sonst etwas über die Lunge?"

„Wir haben Röntgenaufnahmen machen lassen. Die haben aber nichts Besonderes ergeben."

„Und der weiße Fleck am rechten Lungenflügel unten?", fragte ich verwundert.

„Was das ist, weiß man nicht. Vielleicht Wasser, vielleicht eine Infektion, vielleicht ein Fehler der Aufnahme. Deshalb habe ich keine Antibiotika verschrieben. Wissen Sie, in Leipzig kann man sich als Arzt in anderer Weise bewähren. Was notwendig ist, steht zur Verfügung. Hier fehlt es nahezu an allem, manchmal sogar an Spritzen und Verbandsmaterial. Ich muss ständig improvisieren."

„Angesichts der Größe des weißen Flecks an der Lunge sollte jetzt, nachdem drei Monate verstrichen sind, nicht eine erneute Aufnahme gemacht werden? Um zu sehen, ob er noch da ist?"

„Das ist eine gute Idee, das halte ich für sehr wichtig. Aber bitte denken Sie daran, wir sind hier nicht in Deutschland. Ich kann Ihnen nicht viel weiterhelfen. Es war schon fur mich, wieder einmal Deutsch zu sprechen. In Ihrem Land habe ich viel gelernt."

V

Wieder zurück beim Haus, erklärte ich Malick, was der Arzt auf Deutsch ausgeführt hatte. Es war mir unangenehm gewesen, über seine Erkrankung zu sprechen, ohne dass Malick verstanden hatte, was gesagt worden war. Im Verlauf des Gesprächs war es mir wieder und wieder bewusst geworden. Die Sorge, den Doktor zu verstimmen, der mit seinen exzellenten Deutschkenntnissen brillieren wollte, aber auch meine Angst, in einer mir nicht allzu geläufigen Fremdsprache Wesentliches zu überhören, hatten mich zurückgehalten, dem Arzt vorzuschlagen, das Gespräch auf Französisch zu führen.

„Das mit der Sprache ist nicht schlimm", sagte Malick. Und nach einer kurzen Pause fügte er an: „Ich habe auch einen *Marabout* aufgesucht. Ich bin Afrikaner. Wir sind hier mitten in der Natur. Der Marabout versteht die Natur. Ich habe auch ihn um Rat gefragt. Der Marabout ist sehr bekannt. Selbst Ausländer suchen ihn auf." Ich wäre gern dabei gewesen, kam mir in den Sinn. Lieber als bei dem Allgemeinarzt, der sich mit seiner deutschen Ausbildung brüstete. Wahrscheinlich aber hätte ich seine Magie behindert, ihn mit Fragen verstört oder verärgert. Meine Skepsis hätte er gespürt. Sie ließen sich ungern in die Karten schauen, die afrikanischen Heiler.

„Was hat er gesagt, was schlägt er vor?", wollte ich wissen.

„Erst sagte er gar nichts! Er hielt seine Augen geschlossen und ließ seine Gebetskette mit den Holzperlen durch die Finger gleiten. Dann meinte er, dass er die Umrisse eines dunklen Gesichts gesehen habe; trotz aller Anstrengungen – auf seiner Stirn konnte ich die Schweißperlen sehen – sei das Gesicht aus den Konturen aber nicht deutlich herausgetreten. Bis auf eine Narbe. Ein dunkles Gesicht mit einer Narbe! Diese Person habe mich mit einem Fluch belegt, sagte er. Da war er sich sicher. Deshalb bin ich krank geworden."

Es war besser, Malick jetzt keine weiteren Fragen mehr zu stellen, dachte ich. Schweigend sahen wir den im Sonnenlicht metallisch glänzenden Witwenvögeln zu, die auf der Terrasse vor dem Haus um die Tonschalen mit abgestandenem Wasser hüpften.

Nach einer Weile nahm Malick von selbst den Faden wieder auf: „Der Marabout wird ein Mittel zusammenstellen, um den Fluch abzuwehren."

„Hast du es schon eingenommen?", fragte ich.

„Nein, es ist noch nicht eingetroffen. Er meinte zum Schluss, auch ich könne etwas beitragen: Wenn ich eine rote Ziege sehe, soll ich sie kaufen und opfern. So ein Tier habe ich aber bisher nicht gesehen." Malick lächelte verlegen.

„Hast du eine Ahnung, wer dir schaden möchte? Auf dich, deine Frauen, deine Söhne vielleicht eifersüchtig ist? Dir dein Haus, die feste Anstellung neidet? Oder vielleicht die fast zwanzigjährige Freundschaft mit mir, dem Toubab?" Als ich in sein ratloses Gesicht blickte, fügte ich an: „Ich weiß, du bist im Dorf sehr angesehen und, seitdem du in Mekka warst, in besonderer Weise respektiert. Trotzdem: Einer meiner Freunde sagte einmal: ‚Ein richtiger Mann hat auch einen Feind. Sonst besitzt er kein Rückgrat!' Gibt es da jemanden?"

„Der Marabout hat das Gesicht nicht erkennen können, ich weiß es nicht. Vielleicht – nein, von einem Feind weiß ich nichts."

VI

Am nächsten Tag setzte Malick mich und die Hunde mit der Piroge über den Fluss. Dort wanderte ich wie immer an der Meereslinie entlang. In der Gewalt der auf der Strandlinie aufschlagenden Brecher, dem Farbspiel der weiß aufschießenden Gischt, dem unaufhörlichen Vor und Zurück der blau-flutenden Wassermassen verlor ich mich in Gedanken: Der Arzt hatte viel unversucht gelassen, sich über mögliche Ursachen der Erkrankung keine Gedanken gemacht. Aber es musste einen Grund geben, weshalb ein kerngesunder, athletischer Mann im besten Alter von einem Tag auf den anderen schwer erkrankt. Doch welchen? Und der afrikanische Heiler? War er ernst zu nehmen? Konnte er in Malick physische oder psychische Energien freisetzen? Zusätzlich Vertrauen schaffen? Das mit der roten Ziege? Für den Marabout war die Krankheit offenbar eine Strafe, die durch ein Opfer abgegolten werden konnte. Eine rote Ziege hatte ich allerdings noch nie gesehen. Waren Ziegen denn nicht hell- oder dunkelbraun, schwarz, vielleicht manchmal auch gelblich? Rot? Bei dem Gedanken fröstelte es mich: Das Opfer wurde bisher nicht erbracht und konnte auch nicht erbracht werden. Die Person mit der Narbe? Der ausgesandte Fluch, der Voodoo? Warum war das Gegenmittel des Marabouts bisher nicht eingetroffen?

Als mich Malick gegen Mittag wieder abholte, fiel mir bei der Rückkehr auf, dass er den Außenborder an der Piroge festkettete. Sonst hatte er ihn immer vom Boot abgeschraubt und zurück in den Schuppen neben dem Haus getragen. Jetzt war der Motor zu schwer, Malick zu schwach. Danach gab es Abendessen. Das Feuer unter dem Grill hatte Malick schon vorher angesteckt, die aufgelegten Langusten hatten am Vorabend noch gelebt. Im seichten Wasser waren sie letzte Nacht in die Netze der Fischer gegangen.

VII

Malick bat erneut um ein Gespräch: „Darf ich dich um deinen Rat bitten? Ich habe Schwierigkeiten mit meinen Frauen!"

„Mit Fatou oder mit Aisha oder mit beiden?", fragte ich.

„Mit Fatou. Gestern ist sie ausgezogen. Sie hält sich jetzt im Haus ihrer Geschwister auf. Hinter Saint-Louis in der Nähe des Flughafens."

„Was ist mit deinen Kindern?"

„Die hat sie hiergelassen."

„Was wirft sie dir vor? Schlägst du Fatou? Sei ehrlich!"

„Ich schlage meine Frauen nicht. Bestimmt nicht! Vor Jahren vielleicht. Seit langer Zeit jedoch nicht mehr. Ich weiß, dass das nicht richtig ist. Aber Fatou ist sehr kompliziert. In allem!"

„Wieso ist sie kompliziert?"

„Sie respektiert meine Schwester Binta im Nachbarhaus nicht. Sie meint, als meine Frau müsse meine ältere Schwester sie zuerst grüßen. Binta sieht das nicht ein. Fatou verbietet meinen Söhnen auch, mit den Kindern meiner anderen Schwestern zu spielen. Und wenn unsere Kinder nicht folgen, schlägt Fatou sie. Natürlich gibt es Reibereien auch mit mir, aber nichts Ernstes."

„Dass sie die Kinder schlägt, ist natürlich nicht in Ordnung, und du musst ihr klar und deutlich sagen, dass sie das keinesfalls tun darf. Kann es aber dennoch sein, dass du mit Fatou im Alltag zu streng bist?"

Schlagartig wurde mir bewusst, wie selten ich Fatou in den letzten Jahren begegnet war. Als ich sie kennenlernte, war ich von der schlanken, selbstbewussten, etwas koketten jungen Frau beeindruckt gewesen. Sie hatte Gespür für ihren Körper und die Farben und Muster der Stoffe gezeigt, die ihn eingehüllt hatten. Ihre stämmigen Beine hatte sie unter langen Röcken geschickt verborgen gehalten. Ich hatte sie gerne um mich gesehen und mich gefreut, wenn sie in unserer Küche mitgeholfen hatte. Bei unserem letzten Treffen war sie vollkommen verändert gewesen. Das Haus verließ sie nur mehr selten und wenn, war sie tief verschleiert. Wie auch ihre beiden Töchter. Malicks Einfluss? Seit seiner Reise nach Mekka war er immer mehr in seiner Religion aufgegangen. Der Imam des Dorfes, der Leiter der Koranschule, weise Männer mit ergrauten Bärten in langen Kaftanen, das waren jetzt seine Besucher beim abendlichen Tee; liturgische Gesänge von einem Tonband durchzogen die Räume.

„Vielleicht bist du ihr einfach zu religiös geworden!“, sagte ich zu ihm. „Junge Frauen wollen nicht immer nur zu Hause bleiben, Kinder hüten, Wäsche waschen und getragene Gesänge hören. Vergiss auch nicht, obwohl Fatou dir vier Kinder geschenkt hat, hast du Aisha geheiratet. Und jetzt Aishas Baby! Das ist für keine Frau einfach.“ Mein Gedanke war, dass er sich in Fatous Trauer, die Demütigung und das stille Elend, das mit der Wahl einer weiteren Ehefrau einherging, nicht einfühlen konnte.

„Das ist es nicht. Ich behandle beide Frauen gleich. Sie verstehen sich untereinander gut. Fatou ist einfach unbeherrscht, launisch, kompliziert. Sie weiß im Übrigen genau, dass ich Aisha anfangs gar nicht wollte und sie nur unter dem Druck der Familie geheiratet habe. Ich bin mit ihr entfernt verwandt. Als sie schwanger wurde, hat sich der Vater des Babys abgesetzt. Die Ehre der Familie blieb nur durch die Heirat mit mir gewahrt. Sonst hätte ich mir keine zweite Frau genommen.“

Die im Gespräch mit Malick aufgetauchten Bruchstücke, beliebige Versatzstücke aus seinem Eheleben, bedacht oder ungewollt ausgesprochen, halfen mir nicht weiter. Das Instinktive, Unbewusste, die eventuell aus afrikanischem Aberglauben herrührenden Handlungen blieben mir verborgen. Die Zumutung, dass beide Frauen in Malicks Haus zusammenwohnen mussten, engte ihr Leben ein, auch die Gebote, die Malick seinen Frauen auferlegte. Jeans tragen, Make-up, wie die jungen Mädchen in Saint-Louis Ausschnitt zeigen, all das erlaubte er nicht. Es waren seine Frauen. Ihr Körper gehörte nur ihm. Blicke anderer Männer könnten Begehrlichkeiten auslösen …

„Versuche einen neuen Anfang“, sagte ich. „Wenn sie zurückkommt, nimm sie freundschaftlich wieder auf. Stell keine Fragen! Keine Vorwürfe! Verbring mit ihr ein Wochenende woanders, lass ihr ein schönes Kleid schneidern – tu etwas Besonderes. Hol sie aus dem Alltag heraus. Und als Erstes: Bring sie einfach nach Hause zurück, mach den ersten Schritt!“

„Nein, das mache ich nicht!“, sagte Malick. „Es ist nämlich nicht das erste Mal. Kurz nach deinen Ferien im Januar hat sie mich schon einmal verlassen. Plötzlich war sie weg. Gleichzeitig, das heißt kurz danach, wurde ich krank, fühlte mich so schlecht wie niemals zuvor in meinem Leben. Ich konnte kaum mehr gehen. Das Atmen fiel mir schwer. In diesem Zustand habe ich sie eine Woche später, zusammen mit meinem Bruder und meinem Onkel, aus dem Haus ihrer Geschwister zurückgeholt. Sie muss dort über mich sehr, sehr schlecht geredet haben. Als wir abfuhren und Fatou in das Auto drängten, gab es eine Rauferei mit ihren Brüdern. Der eine hat mir obszöne Worte nachgeschrien, der andere hat zum Schluss sogar gerufen: ‚Ich bringe dich um! Wir werden dich töten!‘“

Nach einigem Zögern, und nachdem ich nichts gesagt hatte, sprach Malick weiter: „Nein, ich hole sie nicht ab. Sie kommt von alleine wieder. Ihre Schwestern und Brüder wollen sie nicht längere Zeit um sich haben. Da bin ich mir sicher. Sie wissen selbst, wie schwierig es mit ihr ist.“

VIII

Ich hatte das Gefühl, das im Moment Erforderliche getan zu haben. Die Tests meines Freundes hatte er bestanden: Malick war mit mir längere Strecken gegangen, ohne außer Atem zu geraten. Keine blauen Lippen! Kräftige Wadenmuskulatur, die sich nicht eindellen ließ. Alles würde zukünftig wie immer sein. Mit Ausnahme der schweren körperlichen Tätigkeiten. Dafür könnte er sich Hilfe holen. Die Sache mit Fatou, auch die würde sich einrenken; selbst wenn sie bislang nicht zurückgekommen war.

Malick brachte mich mit dem Landrover zum Flughafen. Als ich ihn zum Abschied umarmte, klammerte er sich an mir fest, legte seinen Kopf an meine Schulter. Plötzlich brach er in hemmungsloses Weinen aus. Minutenlang! Ich ließ es geschehen. Nie zuvor hatte ich erlebt, dass Malick seine Fassung derart verlor. Nicht, als seine Mutter bei der Geburt ihres letzten Kindes verstorben war. Nicht, als sein Vater ihr nur zwei Jahre später gefolgt war. Seit dieser Zeit hatte das Gewicht der Großfamilie auf Malicks damals achtzehnjährigen Schultern gelastet. Selbst noch ein junger Mann, aber der älteste Sohn! Den alltäglichen, oft aber ernsteren Problemen war er immer gelassen, vor allem aber mit Selbstdisziplin begegnet. Wie verzweifelt und verlassen musste er sich fühlen, als er sich an mir festklammerte.

„Wir holen dich nach Deutschland, zur Behandlung“, sagte ich im Weggehen. „Wenn die weitere Röntgenaufnahme gemacht ist. Die Sache mit dem weißen Fleck muss geklärt werden. Melde dich bitte danach sofort, dann können wir über die nächsten Schritte beraten.“

IX

Malick rief zehn Tage später an. Die neue Röntgenaufnahme der Lunge liege vor, der weiße Fleck sei verschwunden, nach Auskunft des Radiologen sei die Lunge in Ordnung. Aber das Herz! Das sei erneut größer geworden; der Arzt habe stärkere Medikamente verschrieben, die er einnehmen müsse. Ja, Fatou sei wieder da. Eine Woche war sie fort gewesen. An einem Donnerstag hatte sie ihn verlassen, am folgenden Donnerstag hatte sie ein Taxi zurückgebracht. „Ihr zu Ehren und weil wir wieder als Familie zusammen sind, habe ich ein Lamm geschlachtet.“ Und, auf meine Frage: „Nein, das Gegenmittel des Marabouts ist bisher nicht gekommen.“

X

Zwei Tage darauf brach Malick am Morgen in der Dusche bewusstlos zusammen. Fatou hatte den Aufprall des schweren Körpers gehört. Sie, ihr ältester Sohn und Malicks Schwester Binta zogen den fast Leblosen hoch. Mithilfe von Mohktar, einem aus dem Dorf herbeigerufenen Fahrer, schoben sie Malick auf den Rücksitz des Landrovers. Der Weg ins Krankenhaus würde weniger als eine halbe Stunde dauern. Zwischen Fatou und Binta sitzend, erlangte Malick auf der Fahrt wieder das Bewusstsein.

„Bist du es, Fatou?“, fragte Malick leise seine neben ihm sitzende Frau.

„Ja, ich bin’s.“

„Bist du es, Binta?“, fragte Malick seine Schwester. Dann den Fahrer: „Bist du es, Mohktar?“

„Ja“, sagte Mohktar.

Dann flüsterte Malick mit kaum hörbarer Stimme: „Mein Herz ist so schwach.“

Danach fielen seine Augen wieder zu. Sein Geist glitt in die Bewusstlosigkeit zurück, aber seine Arme und Beine begannen, wie bei einem epileptischen Anfall unkontrolliert zu zucken. Die neben ihm sitzenden Frauen hatten alle Mühe, seine wild um sich schlagenden Glieder von sich wegzuhalten. Als er endlich zur Ruhe gekommen war, fiel der Kopf zur Seite. Seine Zunge hing aus dem Mund. „Ich drückte auf seine Wangen, aber die Zunge zog sich nicht in den Mund zurück“, sagte Binta später, als sie mir von der Fahrt ins Krankenhaus erzählte. „Deshalb wusste ich, Malick war tot.“

Kurz darauf trafen sie im Krankenhaus ein. Vier Pfleger legten den leblosen Körper auf eine Bahre und rannten mit ihm ins Gebäude. In einem Seitentrakt wurde er in ein Zimmer gebracht und dort auf eine Liege gebettet. Als die diensthabende Ärztin erschien, hatten sie Malick bereits Hose und Hemd ausgezogen und ein weißes Laken über den Körper gelegt. Nur sein bleiches Gesicht unter der dunklen Hautfarbe war unbedeckt geblieben. Seine starren Augen blickten leblos zur Decke.

XI

Ich saß im Büro, als mich die Nachricht von Malicks Tod per E-Mail erreichte. Minutenlang starrte ich auf den Bildschirm meines Rechners, während in meinem Kopf ein Film aus ungeordneten Szenen ablief. Wie in einem Kaleidoskop setzten sich die Bilder in immer neuen Mustern zusammen: die Gesichter der Ärzte, die Ultraschall- und Röntgenaufnahmen, Bilder von Malick am Ruder der Piroge beim Überqueren des Flusses, mit Schaftstiefeln in der Meeresbrandung beim Angeln, Bilder von Fatou mit im Streit verzerrten Zügen, das dunkle Gesicht mit der Narbe, der Marabout in einer schummrigen Kammer, die jagenden Hunde am Strand. Warum hatte ich Malick nicht unverzüglich nach Deutschland geholt? Dann würde er noch leben.

Als meine Sekretärin in mein Büro eintrat, schämte ich mich nicht, dass ich weinte. So hatte sie mich noch nie gesehen.

„Malick ist tot", sagte ich.

„Er war doch noch so jung", sagte sie. „Hatte er nicht Frau und Kinder?"

Ich antwortete nicht und bemerkte kaum, dass ihre Hände meinen gesenkten Kopf streichelten, sich auf meine Hände legten. Die folgenden Tage vergrub ich mich mehr denn je in den Akten. Rannte am frühen Morgen wie auch nach der Arbeit auf den Feldwegen am Stadtrand, bis die völlige Erschöpfung einsetzte. Nachts half mir ein Schlafmittel, die Dämonen abzuwehren, in traumlosen Schlaf einzutauchen und darin bis zum Morgen zu verharren.

XII

Wie mir Binta später erzählte, war es am Vorabend von Malicks Zusammenbruch wieder zu einem sehr heftigen Streit mit Fatou gekommen. Im angrenzenden Garten hatten die Schwestern die lautstarke Auseinandersetzung mitangehört. Anlass des Streits war diesmal ein kleines Ledertäschchen gewesen. Im Sand vor Malicks Haus war es locker verscharrt worden. Es sollte gefunden werden! Malicks ältester Tochter war die unebene Stelle im Sandboden aufgefallen, sie hatte es ausgebuddelt und zu ihm gebracht: ein *gri-gri*, wie die Einheimischen sagten, ein Amulett, das sie mit magischen Kräften in Verbindung brachten. In dem Täschchen befand sich neben einigen Glasperlen, einem rot gefärbten kurzen Holzstück, drei durchstoßenen Tierzähnen, aufgereiht auf einer Schnur, auch ein Papierröllchen. Es war eng beschrieben. Nach einem Zitat aus dem Koran stand dort, dass die Ehe zwischen Malick und Fatou keinen Bestand habe; sie sei aufzulösen. Woher das gri-gri stammte, wer es angefertigt und verscharrt hatte und wann dies geschehen war, hatte Malick nicht gewusst. Er musste jedoch einen Verdacht gehabt haben.

Der böse Streit hatte ein abruptes Ende gefunden, als Fatou geschrien hatte: „Du bist nicht mehr lebendig! Mit jemandem, der stirbt, streite ich nicht! Du musst ohnehin gehen."

Ja, Malick war womöglich von einem bösen Zauber erfasst gewesen. Ursachen und Anfänge konnte ich nicht zuordnen: Das vom Marabout aufgespürte dunkle Gesicht mit der Narbe. Die von der unbekannten Person ausgesandte Verwünschung. Das Amulett mit dem Aufruf zur Auflösung seiner Ehe. Die Todesdrohung von Fatous Brüdern, die in Wortspielen um sein baldiges Ableben keifende Frau. Das fruchtlose Handeln der Ärzte. Was war ihm zum Verhängnis geworden? Oder gab es da noch etwas anderes? Und gab es einen Zusammenhang mit Fatous erster Abreise im Januar? Unmittelbar danach war er schwer erkrankt.

XIII

Nur wenige Stunden nach seinem Tod wurde er, in einer Holzkiste liegend, auf dem Dachträger unseres Landrovers in sein Haus überführt. Malick, noch wenige Monate zuvor ein kraftstrotzender Mann im besten Alter, kehrte als leblose Materie zurück. Als sich die Nachricht verbreitete, hallte hysterisches Wehklagen der Frauen durch Gandiole. Zuerst konnte es niemand glauben. Von seiner Krankheit, von dem, was in seinen letzten Lebensmonaten geschehen war, hatte außer mir und Fatou niemand gewusst. Am Morgen des Folgetages wurde er auf dem Dorffriedhof im Sand begraben. Eingehüllt in ein weißes Leintuch, alle Körperöffnungen mit Wattebäuschen verschlossen. Der Kopf unbedeckt nach Osten, nach Mekka, ausgerichtet.

Es war unbegreiflich! Malick dahingerafft. Auf dem Friedhof eingegraben, einem verlorenen Stück Sand. Ohne Grün, ohne irgendwelche Pflanzen, nur hier und da ein vereinzelter Hinweis, wer begraben worden war. Nichts, um Erinnerungen wachzuhalten. Das Leben war vorbei, es ging weiter ohne die, die hier lagen.

XIV

Der Islam schreibt eine viermonatige Trauerzeit vor. Diese hielt Fatou ein. Kurz nach Ablauf dieser Frist gab es aber bereits einen Kandidaten, der die Witwe heiraten wollte. Er betrieb einen kleinen Laden im Dorf. In seinem Shop fand sich ein Sammelsurium an Waren: Mineralwasserkartons, Bierkästen und Coca-Cola-Dosen neben Insektiziden, Pestiziden, Giften gegen Nager, Seifen und Geschirrspülmitteln; auch einige Lebensmittel gab es dort. Manchmal schlief der Besitzer in seinem Laden am hellichten Tag.

War es eine unbewusste, späte Vergeltung, dass Fatou, kaum dass die Trauerzeit verstrichen war, sich sofort einem neuen Mann öffnete? Wollte sie ihrem verstorbenen Mann, der ihr eine zweite Ehefrau zugemutet hatte, zeigen, dass auch sie sich insgeheim einen weiteren Partner gewünscht hatte? So den ihr zugefügten Schmerz abbauen? Wollte sie den Dorfbewohnern demonstrieren, dass sie Malick vergessen, sich freigemacht, ihm nicht verziehen hatte? Waren solche Überlegungen schon früher zum Tragen gekommen? Standen sie mit dem, was passiert war, in Verbindung? Die guten Zeiten mit Malick erwähnte sie nicht, sie trauerte nicht um Malick. Sie tauchte ein in eine unbelastete Gegenwart, fühlte sich nicht schuldig und lebte befreit einen Neuanfang, der ihr erlaubte, anders zu handeln und das umzusetzen, was sie zuvor erträumt haben mochte. Hatte sie am Ende diesen Neuanfang selbst herbeigeführt? Nur dadurch, dass sie Malick zeitweise verlassen, mit ihm aufs Heftigste gestritten hatte?

Die Dorfbewohner sagten, Fatous Bewerber sei kein guter Kandidat: Er rauche *yamba,* das Rauschmittel, das sie auf den Feldern anbauten, ganz in der Nähe, dort, wo der Fluss in den Atlantik mündete. Er verkaufe es auch, mit einem Fuß stehe er im Gefängnis. Fatou wollte davon nichts wissen. Sie wusste auch nicht, dass ihm der Laden nicht gehörte. Er hatte ihn mit einem Kredit seiner Schwester bei der dörflichen Sparkasse finanziert. In deren Haus wohnte er in einem Zimmer, das er gelegentlich mit einem weiteren Bruder teilte. Die Zinsen für den Kredit war er über längere Zeit schuldig geblieben.

XV

An einem Morgen im August zog Bara, Malicks zweiter Sohn, ein Hemd, eine knielange Hose und ein paar Schuhe seines verstorbenen Vaters an. Die zu weite Kleidung zurrte er mit einem Gürtel, ebenfalls von Malick, über seinem knabenhaften Körper zusammen. Noch nie zuvor hatte er die Kleidung seines Vaters getragen. So stieg er in eine Piroge. Malicks Kleidung legte er darin wieder ab. Mit seinem Onkel fuhr er – nur mit einer Unterhose bekleidet – in dem Boot flussaufwärts am Dorf vorbei. Als er im flachen Wasser Schulkameraden spielen sah, sprang er unvermittelt über Bord. Jähes Entsetzen packte den Bootsführer, als Bara aus dem braun-trüben Wasser nicht mehr auftauchte. Durch die gellenden Hilferufe des Mannes alarmiert, zogen kurz darauf mehrere Fischer, eng aneinandergereiht, ihre Netze durch die undurchsichtigen Fluten. Wenig später stießen sie auf Bara. Bis zur Hüfte steckte er im morastigen Untergrund. Er lebte noch, als sie ihn in die Höhe zogen, und erbrach Unmengen an Wasser. Er starb, während sie ihn auf ein Tuch am Strand betteten. Alle Versuche, ihn wiederzubeleben, blieben vergeblich. Bara wurde nur elf Jahre alt.

War es Baras Antrieb gewesen, mit dem Vater Verbindung aufzunehmen, sich ihm nahe zu fühlen, hatte er deshalb dessen für ihn viel zu große Kleidung angelegt? Wollte er bei Malick bleiben? War die Sehnsucht nach dem Vater so übermächtig geworden, dass er sein kaum begonnenes Leben wegwarf, die jüngeren Geschwister ohne ihn als Spielkameraden zurückließ, die prügelnde Mutter mit Schuldgefühlen strafte? Welch verzweifelte Kraft, welche brutale Konsequenz steckte hinter solchem Handeln?! Oder musste er einem von Malick bewirkten Sog ohnmächtig folgen? Hatte Malick seinen Sohn in den feuchtheißen Nächten der Regenzeit aufgesucht? In diesen Nächten, in denen die Luft wie eine schwüle Wand stand und in denen sich Bara schweißnass und ruhelos auf seiner durchgelegenen Matratze hin- und hergewälzt haben mochte. Weil sein Vater seinen Lieblingssohn bei sich haben wollte?

In der Nacht vor Baras Tod war Malick seiner Schwester Binta im Traum erschienen: Von der Arbeit zurückkehrend, sah sie ihn in einem weißen Kaftan am Tor des Hauses stehen. An seiner Hand ein kleiner Junge, ebenfalls weiß gekleidet. Das Gesicht des

Knaben konnte sie nicht erkennen. Als sich Binta näherte, entfernte Malick sich langsam mit dem Jungen auf dem Weg der ins Dorf führte. Gab es ein antizipierendes nächtliches Träumen? Tagträume, vielleicht, das konnte ich verstehen, ein sich Verlieren in starken Wünschen, in Fantasien – aber nachts? „Es war Bara", sagte Binta mit Nachdruck. „Das weiß ich jetzt. Sein Vater hat ihn geholt. Davon bin ich überzeugt, es ist gewiss. Hätte ich im Traum sein Gesicht erkennen können, wäre ich zu Fatou geeilt, um sie zu warnen. Sie hätte gestockte Milch mit Zucker zubereiten und den Kindern geben können. Das kann vor Unheil schützen."

Oder gab es eine andere Erklärung? War Bara dem an den Vater gerichteten Fluch miterlegen? Ließ die Verwünschung Bara gerade dort ins Wasser springen, wo ihn der Morast umklammern, ersticken und ertrinken lassen musste?

Vier Wochen später erlitt Malicks jüngere Schwester Aya eine Fehlgeburt. Es wäre ihr erstes Kind gewesen. Im Mutterleib im siebten Monat gestorben. „Es sind immer drei, die gehen müssen", sagte meine Frau, als ich ihr davon erzählte.

XVI

Die Betreuung unseres Domizils hat Malicks jüngerer Bruder Bayal übernommen. „Afrikanische Frauen können tückisch sein", meinte er kürzlich. „Sie kennen die Pflanzen, deren Wurzelextrakt ungewollte Babys tot auf die Welt kommen lässt. Oder den milchigen Saft der in den Dünen hochwachsenden Stängel. Wenn er ins Auge gelangt, lässt er dich über Tage hinweg erblinden." Ich konnte mich nicht gegen die in mir aufsteigende Ahnung wehren: Gibt es Pflanzen, deren Wurzelextrakte oder Säfte das Blut verklumpen lassen? Die Gifte gegen Nager, die Pestizide und Insektizide, die Fatous neuer Mann in seinem Laden anbietet? Lächelnd fuhr Bayal fort: „Du merkst das nicht. In stark gewürztem

Fisch, gesüßtem Tee, die Dinge wirken nicht immer schnell." Nach einem Zögern sagte er stockend: „Was mich angeht, habe ich mir angewöhnt, nicht mehr bei meiner Schwägerin zu essen."

Bayal, Binta und mir fehlt Malick sehr. Über seinem Grab auf dem Dorffriedhof treibt der Wind feine Sandschleier. Darüber wölbt sich der tiefblaue afrikanische Himmel. Das Leben im Dorf geht weiter. Als ob wir uns alle nicht schuldig gemacht hätten.

Mit Bayal am Wasser

I

Am vergangenen Mittwoch wurde Bayal fünfunddreißig Jahre alt. Vermutlich. Sein genaues Alter weiß er nicht. Geburtstage werden in seiner Familie nicht gefeiert. Fragt man ihn, wie alt er ist und wann er geboren wurde, schaut er ratlos. Seine Mutter kann er leider nicht mehr fragen, sie starb bei der Geburt seiner Schwester Khady – ihrem zehnten Kind. Sein Vater kurze Zeit später. Auch ein Blick in seine Kennkarte würde nicht weiterhelfen. Denn die Geburtsdaten werden von den Eltern häufig nachdatiert. Als Vorsichtsmaßnahme: Ist ihr Kind in der Schule nicht erfolgreich, könnte es noch Jahre dranhängen. Überschreitet es die festgelegte Altersgrenze, müsste es den Unterricht verlassen.

Bayal ist mittelgroß, untersetzt, unauffällig. Legt er in der Mittagshitze das Hemd ab, zeigen sich breite Schultern, kräftige Oberarme, sein muskelbepackter Körper. Er wirkt freundlich, er lächelt oft; dann werden regelmäßig angeordnete, etwas im Abstand stehende Vorderzähne sichtbar. Reizt man ihn, kann sein Temperament wie das Wetter auf dem Meer von einem Augenblick auf den anderen umschlagen: Dann glühen seine Augen, seine Muskeln spannen sich und sein Körper strahlt eine Bereitschaft zum Sprung aus, die wünschen lässt, auf seiner Seite zu stehen. Ein Typ wie der junge Sylvester Stallone kam mir in den Sinn, als ich ihn so das erste Mal sah. In schwarzer Haut!

II

Viele Jahre hatte Bayal eine *Piroge* als Kapitän geführt. Von M'Bour aus, dem Fischerdorf südlich von Dakar. Ein mehr als zwanzig Meter langes, fast zwei Meter hohes, offenes Boot mit einer Besatzung von fünfzehn bis zwanzig Fischern. Manchmal waren es auch mehr. Zwei bis drei Wochen blieben sie üblicherweise auf dem Atlantik vor der senegalesischen Küste. Nachdem die Regierung die Fischereirechte für mehrere Jahre an die Europäische Union verkauft und deren Trawler die Fischgründe leer gefischt hatten, wichen sie auf das Meer vor den südlichen Nachbarn Guinea-Bissau, Guinea oder Sierra Leone aus. Um als Senegalesen dort arbeiten zu dürfen, mussten sie eine Lizenz erwerben. Für eine Summe, die etwa dem Jahresgehalt eines höheren Angestellten entsprach, wenn er denn regelmäßig bezahlt wurde.

Es wäre auch möglich gewesen, im nördlicheren Meer, in den Gewässern Mauretaniens zu fischen. Doch auch hier unter dem Zwang des Erwerbs einer Berechtigung. Vor diesem weiten, beinahe menschenleeren Land ist die See besonders fischreich, aber auch stürmischer, unberechenbarer, kälter, tückischer.

„Das Risiko war mir dort zu hoch", sagt Bayal. „Die Verantwortung für die Besatzung wollte ich nicht übernehmen."

Wenn sie zum Fischfang ausliefen, hatten sie die quer in den Bootskörper eingepassten Kisten mit mehreren Tonnen Eis gefüllt und zusätzlich mit hellen Tüchern gegen die weißglühende Mittagssonne abgedeckt. In dem Maß, wie über die Tage das Eis schmolz, füllten sich die Kisten – idealerweise – mit Fischen. Sie fingen sie mit ihren Angeln. „Verheddern die sich nicht, wenn zwanzig Mann auf einer Piroge gleichzeitig fischen?", frage ich.

„Niemals", sagt Bayal etwas unwirsch. „Vergiss bitte nicht, wir sind *professionels*."

Zuweilen konnten sie nicht zu einer neuen Fahrt aufbrechen, weil es nicht gelungen war, ausreichend Kraftstoff zu bunkern.

Das subventionierte Benzin für die Fischer ist im Senegal nicht jederzeit erhältlich. „Dann warteten wir einfach, bis es wieder verfügbar war", sagt Bayal und lächelt. „Deshalb brauchten wir einen Agenten im Hafen, der Benzin, Lebensmittel und weitere Vorräte aufkaufte, damit es nicht zu große Verzögerungen gab." Manchmal gelangten sie zwar ohne Aufschub zu den Fischgründen, kamen dort aber nicht zum Angeln, weil sie mit ihrer Nussschale, in der sie auch kochten, schliefen und ihre Notdurft verrichteten, in heftigen Wellengang gerieten. „Bei haushohen Wellen denkst du nicht mehr ans Angeln, sondern nur daran, wie du da wieder herauskommst." Angstvoll kauerten sie dann im Boot, oft über Tage hinweg, und warteten, dass der Wind abflaute und die See sich wieder beruhigte. „Wir konnten mehrere Nächte lang nicht schlafen, weil die Piroge zu stark schaukelte", erzählt Bayal.

Wenn ich vom Ufer aus eine vorbeifahrende Piroge sehe, fröstelt es mich immer ein wenig und meine Augen bleiben gebannt an dem Spektakel haften. Mit dem Bug durchschneidet die Piroge die Wellenrücken, neigt sich längsseits in ewigem Auf und Ab. Weiße Gischt läuft an der Bootswandung entlang. Unter der blendenden Sonne auf dem tiefblauen Meer ein großartiges Bild. Wenn die Pirogen zu ihrem Heimathafen zurückkehren und zuletzt parallel zur Strandlinie laufen, sieht man, dass sie sich auch zur Seite neigen. Im regelmäßigen Takt werden so die im Boot hockenden Fischer vom Land aus sichtbar: verwegene Gestalten mit bunten Wollmützen oder gelben Südwestern. Hoch aufgerichtet steht der Steuermann am Heck und bedient den Motor. Bei Tag und Nacht muss das Boot gegen die Wellen gehalten werden. „Die Arbeit als Steuermann ist sehr beliebt", sagt Bayal. „Jeder will ans Ruder. Wir lösten uns jede Stunde ab. Oft waren wir zweihundert bis dreihundert Kilometer vor der Küste. Mitten im Ozean."

Wenn Bayal mit seiner Besatzung heil und mit gutem Fang nach M'Bour zurückgekehrt war, wurden die Fische verkauft. Auf dem Kopf der wartenden Frauen wanderten die gefüllten Kisten in die Kühllastwagen, die sich in langer Schlange aufgereiht hatten. Danach wurden die Fischer ausbezahlt. Nicht immer deckten die Verkäufe alle Unkosten. Für Lebensmittel, Benzin, das Eis und die Gebühren. Dann hatten sie im engeren Wortsinn „umsonst“ viele entbehrungsreiche Tage auf See geschuftet. Da sich das Benzin ständig verteuerte, die Preise für die Fische dagegen sanken, war dies nicht selten.

III

„Gibt es Statistiken darüber, wie viele Männer jedes Jahr ihr Leben auf dem Meer beim Fischen verlieren?“, frage ich.

„Nein, ich glaube nicht; aber ich weiß, es sind viele“, erwidert Bayal. Er nimmt seine Baseballkappe ab, legt sie bedächtig neben sich, kratzt sich am Kopf. „Auf dem Meer schlägt das Wetter bisweilen schnell um. Plötzlich bist du mitten im Nebel, hast keine Sicht mehr. Oder ein Sturm zieht auf. Du musst das Wetter immer im Blick haben, auch nachts, damit du rechtzeitig darauf reagieren kannst.“

„Was heißt das genau?“

„Vor den Küsten Guineas zum Beispiel gibt es eine Vielzahl kleiner und größerer Inseln, die Bijagos. Bevor ein Sturm voll losbricht, musst du das Meer dazwischen erreicht haben. Dort bist du geschützter, der Seegang ist geringer. Vor allem die Regenzeit ist gefährlich. Zu dieser Zeit toben heftige Gewitter, meistens nachts. Die Blitze zucken unaufhörlich, heftige Windböen kommen aus wechselnden Richtungen. Und die Brecher sind schlimm. Wenn das Boot umschlägt, kannst du keine Hilfe erwarten.“

Ich weiß, dass es unsensibel ist, kann aber nicht umhin, die Situation der Fischer in der Nordsee oder an anderen europäischen Küsten zu schildern. Im Notfall laufen die Seenotkreuzer aus. Bei jedem Wetter, jeder See. Ihre Mannschaft wartet auf den Einsatz, für schwere Stürme ist sie gewappnet. Ihre Rettungsschiffe sind unsinkbar. Manchmal steigen zusätzlich Helikopter auf. Alle verfügen über eine moderne Funkausrüstung. Über die zu erwartende Wetterlage werden sie laufend informiert.

„Das alles gibt es hier nicht. Der Senegal ist ein armes Land. Tausende von Pirogen sind auf dem Meer. Von Mauretanien bis hinunter nach Sierra Leone. Im Notfall bist du auf dich allein gestellt." Nun lächelt er bescheiden, aber auch selbstbewusst, ein wenig stolz: „Es ist immer gut gegangen. Die größte Gefahr waren ohnehin die großen Fischkutter und Frachter."

„Warum?", frage ich.

„Vor den Stürmen kannst du dich schützen, wenn du vorsichtig bist, immer das Wetter beobachtest, rechtzeitig handelst. Die Frachter aber, die großen Tanker, die ändern ihren Kurs nicht. Nachts setzten wir Positionslichter. Trotzdem liefen sie oft direkt auf uns zu. Wenn sie schon sehr nahe waren, schütteten wir Benzin vor unserem Boot aus und steckten es an. Das Feuer, ja, das fürchten sie."

Er fährt fort: „Wenn ein großes Schiff eine Piroge überläuft, sind die Fischer verloren, von denen hörst du nie mehr. Sprich mit Josephe, dem Geschäftsführer des *campement*, gegenüber vom Leuchtturm. Er war in eine solche Sache verwickelt."

IV

Ich kenne Josephe und schätze ihn, er ist immer gut aufgelegt. Um seinen Hals baumelt ein kleines silbernes Kreuz, er ist einer der wenigen Christen im Senegal. Wir sitzen am Flussufer vor den strohgedeckten Rundbauten, deren Besitzer auf Touristen warten, und trinken Tee. Es ist keine Saison, Josephe hat Zeit, bereitwillig erzählt er seine Geschichte: „Damals fuhr ich auf einem großen Schiff. Kennst du die großen Fischkutter? Im Hafen sind ihre

Masten gefaltet. Auf See schwenken sie wie die Flügel eines Vogels seitlich aus. Darunter hängen die Netze, die sich ins Wasser absenken. Das Schiff zieht sie durchs Wasser."

„Die Kutter kenne ich. Wem gehörte das Schiff?"

„Unser Kapitän war Spanier, es war ein spanisches Schiff. Die Besatzung jedoch alles Senegalesen." Josephe schaut mich fragend an. Nachdem ich mit dem Kopf nicke und nichts weiter sage, fährt er fort: „Ich arbeitete als *graisseur*, überwachte die Maschine, brachte Schmierfett ein, füllte Öl nach. An besagtem Tag hatte ich Schicht ab Mitternacht, um sechs Uhr morgens sollte ich abgelöst werden. Kurz vor sechs ging ich nach oben, um den Kollegen zu wecken. Weil es im Maschinenraum sehr heiß war, lief ich danach zur Reling und steckte mir eine Zigarette an. Es war noch dunkel. Plötzlich hörte ich Hilferufe."

„Wo befand sich das Schiff?", frage ich.

„Wir waren auf See mit Kurs auf Guinea-Bissau, die Besatzung schlief noch. Frühstück gab es erst um sieben. Ich konnte mir die Rufe nicht erklären, lief an der Reling entlang und schaute auf die Wellen. Steuerbord und Backbord, konnte aber nichts sehen. Jetzt hörte ich wieder das ‚Ooooh, Ooooh' und fragte mich: Wo kommt das her? Als ich an der Bordwand hinunterschaute, sah ich eine seitlich hinter dem Bug hängende Piroge mit der Person, die um Hilfe rief. ‚Was machst du hier?', rief ich. ‚Ihr habt unser Boot gerammt', schrie der Mann. ‚Wo sind die anderen?' Seine Antwort war: ‚Im Meer!' Ich rannte schnell zum Kapitän, der die Maschine abrupt stoppte. Wenn das passiert, wacht die Besatzung sofort auf. Wir ließen ein Boot zu Wasser und retteten den Fischer. In der Kantine waren nun alle versammelt – wir waren sechzehn Mann – und der Kapitän fragte den Fischer: ‚Wie lange hängst du schon am Schiff?' Er antwortete: ‚Vier oder fünf Stunden.'"

„Vier oder fünf Stunden?", frage ich ungläubig.

„Wie sich herausstellte, hatte die Piroge über Nacht geankert, die vier Fischer hatten geschlafen. Auch der, der als Wache eingeteilt worden war. Er hatte uns zu spät gesehen, seine Kollegen zu spät gewarnt. Unser Schiff war zwischen dem Anker und der Piroge durchgefahren und hatte das viel kleinere Boot mitgerissen. Es hing an der Bordwand und saß auf der seitlichen Ausbuchtung auf, der Anker hatte sich auf der anderen Seite des Bugs verkeilt."

„Welche Ausbuchtung?", möchte ich wissen.

„Die seitlichen Ausbuchtungen eines Fischkutters kannst du nicht sehen, sie sind unter Wasser. Sie schützen den Bug, wenn das Schiff in polaren Gewässern unterwegs ist."

„Ich verstehe. Entschuldige, dass ich dich unterbrochen habe."

„Drei der Insassen waren in letzter Sekunde über Bord gesprungen. Der vierte, der nicht schwimmen konnte, war geblieben. Er war es, der um Hilfe gerufen hatte. Nachdem wir ihn geborgen hatten, fuhren wir in einem Halbkreis zurück. Mit doppelter Kraft erreichten wir die Unglücksstelle in etwa zwei Stunden. Im Morgendunst konnten wir zwei der Fischer ausmachen. An einen gelben Kanister geklammert, trieben sie im Wasser. Wir sind noch drei Stunden geblieben, konnten den dritten aber nicht finden. Danach nahmen wir Kurs auf Dakar, setzten die Fischer ab und stellten uns den Fragen der Behörden."

„Und der dritte? Hat man ihn später gefunden?"

„Warte ab, Bruder. Als wir nach einer Woche wieder ausliefen, hörten wir den Kapitän plötzlich über den Lautsprecher ansagen: ‚Alle Mann an die Reling. Wir sind im Suchgebiet.' Er selbst hatte ein Fernglas und sah als Erster die Vögel, die im Wasser saßen. Als wir uns näherten, flogen sie auf, flatterten dann jedoch wieder zur gleichen Stelle zurück. Es war der dritte Fischer. Er war auf der falschen Seite ins Wasser gesprungen. Das Boot hatte seinen Schädel zerschmettert. Wie er aussah? Darüber möchte ich nicht sprechen."

„Wie traurig", sage ich und fühle mich im gleichen Augenblick mit dieser Bemerkung unwohl. Während ich noch nachdenke, wie ich meine Anteilnahme besser ausdrücken könnte, fährt Josephe fort: „Das stimmt. Aber weißt du, was mich am meisten fertig gemacht hat? Er war der Eigner der Piroge, und es war die allererste Ausfahrt mit seinem eigenen Boot gewesen. Du gibst dir alle Mühe der Welt, um dir das Boot, den Motor und die Netze zusammenzusparen. Lange, harte Jahre, Bruder! Endlich hast du es geschafft, und dann kommt der Unfall."

„Das Leben", sage ich, „wir haben es nicht im Griff!" Und nach einer Pause: „Wie seid ihr mit dem Toten umgegangen?"

„Wir haben ein Zodiac zu Wasser gelassen ..."

„Ein was?"

„Ein Zodiac, das ist ein Schlauchboot. Wir haben das, was von ihm übrig war, geborgen und in einem Seesack im Kühlraum aufbewahrt. Als wir wieder in Dakar einliefen, übergaben wir seine Überreste der Hafenpolizei."

„Wie kann das überhaupt passieren?", frage ich Bayal später. „Haben die Fischkutter kein Radar?"

„Das schon. Aber unsere Boote sind aus Holz. Das Radar erfasst sie nicht, nur den Motor. Der ist bloß ein winziger Fleck auf dem Bildschirm, leicht zu übersehen. Es könnte auch Treibgut sein. Ein Metallkanister oder so was."

„Hält der Kapitän nicht Ausschau?"

„Nicht immer. Bei Nacht ist es auch schwierig. Oder er stellt auf Automatik, liest in seinen Papieren, macht Eintragungen. Viele Pirogen verschwinden einfach so."

V

„Auch wenn der Kapitän die Piroge nicht gesehen hatte, im Anschluss verhielt er sich doch vorbildlich", sage ich zu Bayal.

„Das ist die Ausnahme! Warum verschwinden denn die Pirogen? Warum hörst du nichts mehr von den Fischern? Ganz einfach: Auf ein paar Menschenleben mehr oder weniger kommt es denen oft nicht an." Auf meinen fragenden Blick hin fährt er fort: „Ich war noch ein Kind, als mein Vater eines Tages einen Fremden in unsere Familie aufnahm. Der Mann stammte aus Kamerun oder Gabun. Oder aus Togo. Er wusste es selbst nicht. Jedenfalls muss er mal reich gewesen sein. Er hatte fünf Goldzähne im Unterkiefer."

„Vielleicht hatte er Schulden, weil er sie bezahlen musste", gebe ich zu bedenken. Bayal sieht mich mit großen Augen an und kratzt sich hinter dem Ohr, bevor er weiterspricht.

„Egal. Von der Stirn seitlich neben beiden Wangen zogen sich lange Narben. Der Mann war unheimlich. Fischer, die vor *Saint-Louis* mit einem Netz am Ufer beschäftigt waren, hatten ihn damals zuerst entdeckt: Er trieb weit draußen im Meer, hatte sich an ein Holzfass gekrallt! Auf Bitten der Fischer nahm ihn mein Vater nach seiner Rettung in unser Haus auf. Er lebte mit uns in den zwei Zimmern."

„Wie viele wart ihr?"

„Wir waren sechs Kinder damals. Der Mann war sehr entkräftet, lag tagelang im Bett. Obwohl seine Erinnerung teilweise zurückkehrte, wusste er doch vieles nicht mehr. Nicht einmal seinen Namen. Mein Vater gab ihm deshalb einen neuen. Er nannte ihn Camara."

„Camara?"

„Ich weiß nicht, wieso. Was ich erzählen wollte: Der Mann hatte sich als blinder Passagier auf einen Frachter geschlichen. Als sie ihn entdeckt hatten, fackelten sie nicht lange: Sie warfen ihn über Bord. Das Holzfass hinterher. Auf offener See. Kannst du dir das vorstellen? Auf offener See. Tagelang muss er auf dem Meer getrieben sein. Als er wieder bei Kräften war, half er meinem Vater. Er blieb zwei Jahre. Später arbeitete er als Köhler in Saint-Louis. Seitdem haben wir ihn nicht mehr wiedergesehen. Verstehst du, was ich meine? Mit der Rücksichtslosigkeit der Kapitäne?"

VI

Als sein älterer Bruder Malick vor zwei Jahren starb, entschloss sich Bayal, in unserer Ferienanlage anzuheuern und seinem Bruder nachzufolgen. Nicht nur wegen seiner zuletzt mageren Einkünfte als Fischer und weil es ohne einen erwachsenen Mann in der durch den Tod des Bruders verwaisten Großfamilie in Gandiole nicht ging. Es kam vieles zusammen. „Auch Alassanes Geschichte habe ich als kleiner Junge miterlebt, so was vergisst man nicht", sagt Bayal.

„Alassanes Geschichte?"

„Wenn dich die Geschichte interessiert, sprich mit ihm", sagt Bayal. „Ich habe zwar gesehen, was sich abspielte, aber er hat es erlebt. Du kennst Alassane. Er betreibt die kleine *pépinière* vor der Schulmauer an der Straße nach Saint-Louis. Heute ist er Gärtner, damals war er Fischer. So wie ich!"

Nur wenig später stehen Bayal und ich mit Alassane inmitten von Tontöpfen mit Setzlingen, schwarzen Plastikeimern, aus denen Bougainvilleen herausranken, und großen Kübeln mit halbhohen Palmen.

„Es ist lange her", sagt Alassane.

„Wie lange?", frage ich.

„Ich war siebzehn Jahre alt, jetzt bin ich fünfundvierzig. Wir sind damals mit unserer Piroge in der Mündung gekentert, als wir versuchten, die im Meer verankerten Netze zu bergen. Die Wellen waren enorm hoch, drei oder vier Meter. Sie zerschlugen das Boot. Ich und die anderen klammerten uns an einem Holzteil fest, das über die Netze und den Anker im Wasser gehalten wurde. Wir wussten, wer das Holz losließ, war verloren. In der zweiten Nacht begann sich das Holzteil langsam zu lockern. Wir hatten große Angst, mit der Strömung ins offene Meer gerissen zu werden. Zum Glück sah unser Kapitän in der Nähe eine weiße Boje; er band sich an einem Seil fest und schwamm mit einem zweiten

Seil in der Hand hinüber. Dort befestigte er es. Am ersten Seil zog er sich dann zu uns zurück, und wir konnten das Holzteil mit dem Ende des zweiten Seils zusätzlich sichern."

„Kam denn niemand zu Hilfe?", frage ich. „Hatte niemand den Unfall bemerkt?"

„Das schon, aber keiner wagte sich in die Strömung und die hohen Wellen."

„Wie lange ging das so?"

„In der dritten Nacht hörten wir einen Helikopter. Ein oder zwei Stunden stand er hoch über uns. Wir waren im Licht seines Scheinwerfers. Dann drehte er ab. Nichts ist danach passiert. Gar nichts. Zwar tauchte am nächsten Morgen das Boot der Lotsen aus Pilote auf, allerdings trauten auch sie sich nicht, in die Mündung einzulaufen. Nach ein paar Stunden fuhren sie wieder den Fluss hinauf."

„Was hast du gedacht? Hast du gebetet?"

„Ich dachte, ich muss sterben. Gebetet habe ich nicht."

„Ihr wart ganz alleine in dem aufgewühlten Meer?"

„Ja. Aber die Bevölkerung von Gandiole ist jeden Tag zur Mündung gewandert. Es sind fast zwanzig Kilometer. Auch Bayal war dabei. Sie blieben bis abends gegen zehn Uhr. Dann wanderten sie zurück. Sie heulten und schrien den ganzen Tag. Am nächsten Morgen waren sie wieder da. Ich habe nach einigen Stunden immer wieder beide Hände in die Höhe gehoben, um zu signalisieren, ich lebe noch. Zeitweise konnte man nichts sehen. Es war viel Nebel und Sand in der Luft."

„Wie kam es, dass ihr gerettet wurdet, Alassane?"

„Benthiomane Diouf aus Guet N'Dar war es. Er kam mit seiner Piroge. Er ist ein *grand volontaire*, furchtlos. Als Kapitän führte er das Kommando. Abdou N'Dela bediente den Motor, der dritte Mann war Oussmane Kâne."

„Wie lange warst du im Meer?"

„Vier Tage und Nächte."

Als wir wieder zu Hause angelangt sind, schweigt Bayal. Auch ich sage nichts. Dann bricht es aus ihm heraus: „Ein normaler Mensch kann das nicht aushalten. Schon nach ein paar Stunden im Meer bist du bis auf die Knochen ausgekühlt. Du kannst nicht mehr. Das Meer ist stärker."

VII

Bayals jetzige Arbeit als *cultivateur* in Gandiole hat mit der eines Gärtners in unseren Breiten wenig gemein. Im Sand und fast ohne Wasser – selbst in der Regenzeit regnet es über Monate nur wenig – muss dem Boden alles abgerungen werden. Das kostbare Wasser wird wegen der ausdörrenden Sonne sparsam eingeteilt, die Pflanzen müssen gegen die unaufhörlich vom Meer her wehende Brise gestützt und vor den Insekten, die im und über den Boden kriechen, krabbeln, springen und aus der Luft anschwirren, verteidigt werden. Tragen die Pflanzen endlich Früchte, klettern nachts gefräßige Ratten über die Begrenzungsmauer und lösen die hungrigen Vögel ab, die tagsüber an den Beeren und Früchten picken oder Streifen um Streifen von den breiten Blättern der Palmsetzlinge abreißen, um daraus ihre Nester zu flechten.

Regelmäßig sieht man Bayal mit Gießkannen in beiden Händen im Grünen schreiten, früh am Morgen und abends, wenn die Sonne untergegangen ist. Er kennt den Rhythmus des Wässerns für die verschiedenartigen Pflanzen, deren Durst stark variiert. Überall sprießt es, in einem Seitenbereich wachsen seine Setzlinge aus Kunststoffbehältern. Jasminblüten duften, hohe gelbe Lilien säumen den Weg zu den Häusern, Bougainvilleen ranken über die Mauern. Im kleinen Obstgarten hängen Zitronen, Mandarinen und Orangen in den Zweigen. Nachts öffnen sich die Blüten des *Belle-de-nuit*-Strauches vor der Küche und umgeben sich wie eine schöne Frau mit intensivem Duft.

Wenn ich mit Bayal den Garten abgehe, lerne ich immer etwas: dass unter den Kakteen gerne Schlangen Zuflucht suchen und auf Mäuse lauern, unter aufgehäuften Zweigen sich Skorpione verbergen können, dass die Heuschrecken, wenn sie einfallen, alles mit ihren schimmernden Flügeln in rötliches Licht tauchen. Ich erfahre, dass die Heuschrecken Eukalyptusbäume verabscheuen. „Wie schmale grüne Leuchttürme", sagt Bayal, „heben sich diese von den mit Insekten bedeckten anderen Bäumen ab." Bayal weiß auch, dass man dem Baobab einen Ast abschlagen und daraus ohne Weiteres einen neuen Baum ziehen kann, wenn man ihn nur in den Sand steckt. „Es sind Bäume, die ewig leben", sagt er. „Sie sind das Symbol des Senegal."

In seiner neuen Aufgabe geht Bayal auf. Er habe einen grünen Daumen, sagen die Leute.

VIII

Als einziger Mann steht Bayal einer Familie von etwa zwanzig Personen vor. Alles Frauen: seine Schwestern, deren Männer, soweit sie welche haben, sich mit Booten auf die Kanarischen Inseln abgesetzt haben oder schon bei dem Versuch gescheitert und auf dem Meer verschollen sind, deren Töchter und viele, viele Babys. Dazu Tanten, Cousinen und die Großmütter.

Gelegentlich hört man von den zwei Männern, dem Bruder und dem Cousin, die es nach Spanien geschafft haben: Sie wohnen mit anderen Afrikanern, insgesamt zu acht, in einem Zimmer. Aus Angst, zurückgeschickt zu werden, hatten sie bei ihrer Ankunft falsche Namen und eine falsche Herkunft angegeben. Jetzt gelingt es ihnen nicht mehr, ihre wahre Identität zu belegen, geschweige denn Arbeitsdokumente zu erhalten. Mit dem Verkauf nachgemachter Hermès-Gürtel, unechten Gucci-Sonnenbrillen und billigen Souvenirs schlagen sie sich durch. Sie träumen von einer

Arbeitserlaubnis. Wenn sich eine Spanierin oder eine Touristin in sie verlieben, sie heiraten würde, dann dürften sie bleiben, legal arbeiten, ein- und ausreisen. Ihre Chancen? Abwarten – lang aufgeschossene, schlaksige, gut aussehende Männer, das sind sie jedenfalls beide! Es stört sie nicht, dass sie bereits verheiratet sind. Wer weiß das schon? Polygames Leben ist nach dem Koran und gemäß senegalesischen Gesetzen zulässig. Auch der Prophet hatte mehrere Ehefrauen. Die Wahrheit sagen, bei den Behörden? Der Koran lehrt, dass man den Gläubigen gegenüber aufrichtig sein muss. Ihr Leben in Spanien ist entbehrungsreich. Trotzdem bringen es die Männer fertig, gelegentlich einige Euros nach Gandiole zu schicken. Ob und wann sie dorthin zurückkehren, weiß niemand. Die Frauen, über die Bayal wacht, warten.

Bayal wird nicht mehr aufs Meer hinausfahren, wie dies jahrelang sein Leben war. Inmitten der Pflanzen fühlt er sich zu Hause. Ich glaube, sie mögen ihn, weil er umsichtig für sie sorgt. Jetzt kann er auch zugeben, was ihn all die Jahre bedrückt hat: „Vor dem Meer hatte ich immer Angst!“ In seiner Freizeit fischt er gelegentlich noch im Fluss. Allein, in einer kleinen Touristenpiroge. Wirft das Netz aus, das, mit Bleikugeln beschwert, rasch in den Fluten versinkt. Kurze Zeit später zieht er es wieder ein. Immer wieder, über Stunden. *Pêcher à l'épervier*, fischen wie die Sperber, wie die Einheimischen ihre uralte Technik nennen.

Es war wichtig, dass Bayal in die dörfliche Familie zurückkehrte. Gibt es dort keinen Mann, sind die Frauen vor ungebetenen nächtlichen Besuchern nicht sicher, die manchmal anklopfen, meistens aber nicht. Sich kaum abweisen lassen. „Das Leben mit den vielen Frauen hier ist komplizierter als auf See“, sagte Bayal kürzlich und lächelte.

Die Toubab

Am Rande von Gandiole, etwas abseits vom Senegalfluss, am Ende einer von Palmen gesäumten Auffahrt glänzt das „arabische Haus“ in der afrikanischen Sonne. Ein weiß getünchter, rechteckiger Block, an dessen Stirnseite eine breite Außentreppe auf das Dach führt, auf dem sich eine mit einer kleinen Mauer umsäumte Terrasse befindet. Auf der abgewandten Hausseite entdeckt der Besucher arabische Schriftzeichen, weiß in weiß, eingelassen in den Verputz: die Anfänge der Koransuren „An die Sonne“ und „An die Nacht“. Aus dem sandigen Boden des Gartens wachsen Strandkiefern, Eukalyptusbäume, Akazien, Frangipanis mit weißen Blüten, Oleander, Hibiskus sowie auch einige Kokospalmen. Schwarze Männer schlagen Zweige ab, wässern die Pflanzen und lassen unter einem Sandhaufen Holz zu Kohle schwelen. Hinter dem Haus steht ein Baobab, der seine knorrigen Arme wie umgestülptes Wurzelwerk in den Himmel reckt.

Seit langer Zeit wohnt hier eine alleinstehende weiße Frau, die *Toubab*. Inmitten der tiefschwarzen Einheimischen, die sie mit einem Namen ihrer Sprache rufen: Aminta Diallo. Nach mehr als vierzig Jahren in Afrika, in denen sie auch *Wolof*, ihre Sprache, erlernte, wurde sie zu einer der ihren. Trotz aller Andersartigkeit. Nur wenige bleiben respektvoll distanziert und nennen sie Madame Simonis. Die Kinder schreien ihr auf der Dorfstraße nach *„Toubab, Toubab“*, die Fremde. Fast täglich kann man sie vor dem Haus, im Garten und auf der Dachterrasse umgeben von Dorfbewohnern und Besuchern sehen. Mit den Männern, die im Garten arbeiten, dem Fahrer, der mit seinem klappringen Taxi etwas besorgt hat, dem Chef der Gendarmerie aus der Stadt, den gebrechlichen Alten, den Notabeln des Dorfes, den aus Mauretanien und Mali eingetroffenen Händlern. Letztere breiten indigofarbene Stoffe, Lederteppiche, gravierte silberne Anhänger und alte Stein- und Glasperlen vor ihr aus. Friedlich sitzt sie mit ihnen zusammen am Tisch, in ein Gespräch vertieft, sie kann allerdings auch wild gestikulieren, mit erhobener Stimme, die Männer am Gewand fassen und zornig schütteln.

Früher hat sie in *Saint-Louis* als Sprachlehrerin gearbeitet, an der Universität sowie am Lycée Charles de Gaulle Deutsch als Fremdsprache unterrichtet. Ihr damaliger Mann und Kollege ist an der Militärschule tätig gewesen. Um den intensiven Gerüchen der Stadt, dem Schmutz, dem unaufhörlichen Hupen, dem Motorenlärm und den Lautsprechern der zahlreichen Moscheen am Wochenende zu entkommen, erwarben sie damals einen Streifen Sand außerhalb des afrikanischen Fischerdorfs. Als Wochenendbleibe, als Feriendomizil. Unweit vom Fluss war das Grundstück über eine waschbrettartige Sandpiste unter ständigem Durchschütteln in einstündiger Fahrt erreichbar. Dort haben sie eine Zisterne in den Sand gegraben, durch einen Tanklastwagen mit Wasser befüllen lassen, Pflänzchen in den Sand gesteckt, mit Ziegenkot umgeben und bewässert. Etwas später wurde das Haus gebaut. Wiederum einige Jahre später kehrte das Ehepaar nach Deutschland zurück.

Warum die Toubab Jahre danach – allein und für immer – zurückgekommen ist, um mit ihnen zu leben, wissen die Einheimischen nicht. In ihr Dorf, damals ohne fließendes Wasser, ohne elektrischen Strom, ohne Post- und Telefonverbindung, ohne Arzt oder andere Europäer. Abgeschnitten von dem, was man für eine zivilisierte Welt hält. Dort, wo heute noch Esel die Lastkarren über staubige Sandpisten ziehen, Kinder mit rotzigen Nasen die Fremden anstarren und das in der roten Abenddämmerung einsetzende Sirren der Moskitos alles durchdringt. Wo nachts streunende

Hunde bellen und es nicht ratsam ist, die dunklen Wege des Dorfes zu verlassen. In der Regenzeit überschwemmt der Fluss die ufernahen Wege, anderswo steigt das Grundwasser auf und sammelt sich in salzigen Seen. Vielfach werden die nun morastigen Wege unpassierbar. Dann kriechen, springen, klettern und schwirren die Ameisen, Fliegen, Heuschrecken, und schwerfällige Käfer klatschen gegen Fenster und die Petroleumlampen. Die auf über vierzig Grad steigenden Temperaturen sinken auch nachts nicht ab. In dieser Zeit flackert in Gandiole die Malaria auf.

Für die Toubab war es ein neu beginnendes Leben unter Menschen, die die uralten Berufe des Fischers, Eseltreibers, Hirten und Köhlers ausübten. Die von dem belanglosen Geschwätz abendlicher Einladungen, von Summerhill, Jaspers und Marcuse nichts wussten. Ein Danach ohne die Menschen und Gegenstände, die sie an das erinnerten, dem sie zu entgehen suchte. Nein, sie kam nicht zurück, weil sie verzweifelt war wie der Arzt, den Somerset Maugham in „The Painted Veil“ beschreibt. Der eine Stellung in den Tropen annimmt, im Lepragebiet, in der geheimen Hoffnung, dass seine Frau, die ihn betrügt, dort umkommen würde. Es war eher umgekehrt: Sie kam zurück als eine von ihrem zweiten Ehemann betrogene Frau, um ihm, der von seiner Geliebten nicht lassen wollte, zu entfliehen. Weil ihre Seele und der Magen sonst nicht mehr gesunden würden.

Das liegt nun längst zurück, scheint vergessen und steigt doch manchmal nachts, wenn der Fluss silbern im Mondlicht glitzert und die Bäume im Garten lange, im Wind flatternde Schatten werfen, albtraumhaft und sehnsüchtig in ihr wieder auf. Obwohl sie längst Abstand gewonnen, inneren Frieden erlangt und Freude gefunden hat an ihrer von keinem Mann mehr bestimmten Lebensweise: sich nach niemand richten zu müssen, Besucher zu empfangen, wann und wen sie will, auch zu ungewöhnlichen Zeiten. Nachts, wenn sie nicht schlafen kann, am Wasser des Stroms zu sinnieren. Über Menschen, die sie geliebt und verloren hat, und solche, die sie noch immer zu gewinnen hofft. Oder Gedichte zu schreiben, wenn es ihr einfällt. Am frühen Morgen, bevor es dämmert, Krabben über dem offenen Feuer zu grillen, wenn die heimkehrenden Fischer den Fang mit ihr teilen.

Tagsüber kann sie nicht ruhen, sie muss unaufhörlich tätig sein. Etwas Preußisch-Pflichtbewusstes, Protestantisch-Leistungsorientiertes treibt sie ständig voran. Dürre Äste duldet sie nicht, eingefallene Zaunpfosten sind aufzurichten, Verdorrtes ist auszugraben, die vom Sand und Wind verblichenen Hauswände müssen weiß leuchten. Traditionen und Geschichte des Dorfes sind bis in die Kolonialzeit zurück aufzudecken. Sie will das Interesse der Einheimischen darauf lenken, Unbekanntes aufzuspüren, Vergessenes wiederzubeleben, Neues zu erfahren, das Erfahrene mitzuteilen, sich auszutauschen, zu kommunizieren, dabei zu sein.

In einem Teil ihres Gartens hat sie eine symbolische Stätte, eine Art *Pirogen*-Friedhof, errichtet. Nicht weil sie an das unabwendbare Ende erinnern will, es ist für sie ein ästhetisches Bedürfnis. Lange Bootsplanken, Treibholz, Holzsplitter von im Sturm und Wellengang zerbrochenen oder altersschwach zerborstenen Pirogen hat sie auf einem Sandhügel eingerammt. Hellblaue, grünlich-gelbe, rot gefächerte, in vielen Farbmustern verblichene Stelen ragen dort auf, manchmal mit dem aufgesteckten Schädel eines Pelikans oder mit zerrissenen Netzen überzogen. Zerrissen wie wir alle in unserem Leben, in unseren Freundschaften, Erinnerungen und Erwartungen, weggerissen von geliebten Menschen und Orten. Auch der Kieferknochen eines Walfischs, den sie in einer Sanddüne ausgegraben hat, krümmt sich dort auf, einem riesigen Stoßzahn gleich. Neben dem verrosteten eisernen Rad eines Feuerschiffs, einem alten Anker und verwitterten Muscheln. Dinge, die die Bewohner des Dorfes achtlos liegen lassen, für die Toubab haben sie besonderen Wert.

Früher sah man beim Pirogen-Friedhof afrikanische Besucher sich gegen Osten niederknien und beten. Jetzt nicht mehr. Als einmal ihr Hund in der Sonne zwischen den Stelen döste, war die Stätte entweiht.

Wie tibetanische Gebetsfahnen flattern an anderer Stelle des Gartens leere Reissäcke an einer zwischen den Bäumen gespannten Leine in der vom Fluss her wehenden Brise. Fröhlich, vielfarbig, unaufhörlich bewegt. Manchmal schweben sie auch nur getragen vom Wind wie die Flügel der Rochen in der Strömung des nahen Flusses.

Die Toubab ist eine starke Frau. Sie fürchtet sich nicht, obwohl sie allein in diesem islamischen, schwarzafrikanischen Dorf lebt. Auch nicht nachts, wenn die Dorfbewohner nur ungern aus dem Haus gehen. Wegen der *Dschinn*, der Geister, denen sie im Dunklen nicht begegnen wollen. Sie ist streitbar und beschützend zugleich. Frauen nimmt sie in ihrem Hause zeitweise auf, wenn sie, von ihren Männern bedroht und geschlagen, zu ihr flüchten. Sie holt und bestürmt die Gendarmen aus Saint-Louis, damit sich dies nicht wiederholt. Dann kann ihr vulkanisches Temperament ausbrechen, eine in einem religiösen Umfeld, das den Männern erlaubt polygam zu leben und ihre Frauen zu verstoßen, wenn es beliebt, erwachsene Stärke. „Sie schreit leicht", sagen die Afrikaner. „Aber sie hat ein gutes Herz." Sie selbst meint: „Ich habe jetzt ein Alter, in dem ich alles sagen kann, in dem man vieles verzeiht. Das genieße ich."

Sie fürchtet sich auch nicht, wenn sich der allgegenwärtige Fluss braunschwarz verdunkelt und seine Wellen dröhnend ans Ufer klatschen. Wenn seefeuchte Nebel aufsteigen oder vom nahen Meer her Böen die Kronen der Eukalyptusbäume und die Äste der Strandkiefern auf das „arabische Haus" bedrohlich herunterdrücken, die Gewalt von Wind und Wasser alles durchdringt. Dann beginnt sie manchmal wie ein buntes, sich drehendes Kaleidoskop zu erzählen: von ihrem langen Leben, Jahren in Europa, Jahren in Indien und am südlichen Saum der Sahara. Von Trennungen, Trauer, Krisen und ihrem Lebensglück, ihren

Partnern, der Sexualität der afrikanischen Männer. Oder sie erzählt, wie man Tandoori-Huhn zubereitet. Dass ein Lammcurry eine gleichgewichtige Mischung aus frisch zerriebenem Ingwer und Knoblauch erfordert, dass die zugemischte Kokosmilch nicht die in der Nuss enthaltene Flüssigkeit ist, sondern durch das Wässern und Pürieren der frischen Kokosfasern gewonnen wird. Und sie erzählt von ihrer Liebe zu Afrika, dem Licht, der Unbekümmertheit der Kinder und dem wuchtigen Flügelschlag der braunen Milane, die rastlos die Ufer des Senegal nach Nahrung absuchen.

Sie ist voller Geschichten und hat viel Vergnügen daran, diese drastisch und provokativ auszumalen. Männer haben sie, wie der stetig fließende Fluss, bis vor einigen Jahren ständig begleitet. An den harmonischen Zeiten, dem liebevollen Miteinander, der intellektuellen Begegnung mit diesen sind ihre Zuhörer weniger interessiert. Diese fasziniert, dass ihr erster Mann sie zwei Tage nach der Hochzeit mit einem Kissen fast erstickt hatte, als es nicht zum erwarteten Sex kam, und sie im Streit auf seinem Schädel einen Teller zerschlug. Wenn ihre Zuhörer daraufhin ausrufen „So kurz nach der Hochzeit!“, „Wie ist das möglich? Das hätte ich nie gedacht!“ oder „Was für ein Ungeheuer, den hätte ich sofort verlassen ...“, weidet sie sich an ihren Reaktionen und spielt noch weitere Varianten durch: „Ja, das hätte ich tun sollen, andererseits konnte er so liebevoll sein, ohne ihn hätte ich niemals ...“ Dann fährt sie fort zu erzählen, dass ihr zweiter Mann mit einer festen Liebesbeziehung zu einer anderen Frau in die Ehe mit ihr gestartet war und an dieser, als es ans Licht kam, auf Biegen und Brechen festhielt. Dass sie dadurch selbst auf Abwege geriet und ein Verhältnis mit einem senegalesischen Armeeoberst mit Holzbein einging! Sie erzählt, dass eine andere Beziehung mit einem in Frankreich ausgebildeten afrikanischen Notar in einer weiteren Ehe mündete, obwohl dieser mehr als zwanzig Jahre jünger war. Und dass diesem, noch nicht vierzigjährig, im Bett mit einer grazilen Saint-Louisienne ein Aneurysma im Gehirn platzte, sodass er nach mehrwöchigem Siechtum in ihren Armen verstarb. Und dass ihr letzter Ehemann, ein afrikanischer Grundschullehrer, irgendwo in Spanien untergetaucht war. Sie schwärmt von der auf die Hochzeit im muslimischen Ritus folgenden Liebesnacht in einer Strohhütte in einem weit abgelegenen Dorf der *Fulbe*, des Stamms der Hirten. Umgeben von Kühen, Ziegen und blökenden Schafen. Allerdings war ihr Mann unmittelbar danach in rätselhafter Weise völlig verändert. Ein im Sand verborgener Skorpion hatte die Toubab gestochen. Auf der Suche nach schmerzstillenden Medikamenten durchwühlte der frischgebackene Ehemann ihre Handtasche und entdeckte dabei ihren Reisepass. Trotz ihrer Schmerzen nahm er sich die Zeit, das Dokument in all dem Chaos durchzublättern. Auf seine abweisende Haltung und plötzliche Distanz angesprochen, erwiderte er ihr: „Du bist genauso alt wie meine Mutter. Das darf niemand erfahren. Mit dir kann ich nicht mehr zusammen sein, ich schäme mich zu sehr." Dass sie für ihn als Visum auf zwei Beinen für Europa gedient hatte, wurde ihr erst viel später klar.

In der Rückschau erkennt sie, wie sehr sie sich den Männern zur Verfügung gehalten hat, dass sie, die mit Worten leicht verführbar ist, zu lieb und unterwürfig gewesen ist, ihre Persönlichkeit in der Präsenz der Männer verloren hat. Dass sie sich nicht gestellt, nicht gewehrt hat und dass dies jetzt alles anders ist. Dass sie die vordergründige Sexualität ihrer afrikanischen Männer nur noch nervt: „Sie drücken auf den Knopf, ich meine die Brustwarze, und dann soll die Frau gleich hochgehen. Ich finde das furchtbar, wir Frauen sind doch kein Radioapparat."

Tiefe Befriedigung findet sie dagegen in ihren Perlen. Nicht in denen, die die Taucher aus den Muscheln holen oder die darin gezüchtet werden. Die alten Glasperlen Afrikas und solche aus Achat, Amazonit, Bernstein, Malachit oder Quarz sind es, die sie finden, klassifizieren und bewahren will. Sie zu sammeln, anzufassen, kreativ zu Hals- und Armketten zusammenzufügen, lässt sie innerlich zur Ruhe kommen, gelassen werden und macht sie glücklich. Mittlerweile hat sie sich zu einer der weltweit wenigen Expertinnen entwickelt. Sie deckt die Historie auf, schreibt über ihre Forschungen und Erkenntnisse in Fachbüchern, verschenkt seltene Stücke an Museen und berichtet in Vorträgen darüber. Von den Nomadenfrauen mit kiloschweren, bunten Glastropfenperlen um den Hals und anderen, in bunte Schleier gehüllt, deren Zöpfchenfrisuren mit Perlen durchsetzt sind. Oder sie berichtet von den Frauen der Tukulor, die auf schwarzem Gewand lange Perlenketten tragen. Den Mauretanierinnen, die kleine verzierte Kugeln, weiße Ringe und Knöpfe aus Muschelmaterial, das aussieht wie Elfenbein und aus den Sedimentschichten der Sahara stammt, in ihrem Haar befestigen.

Sie erzählt von Perlenhändlern, die zu Fuß über Wochen hinweg abgelegene Dörfer am Rand der Wüste durchstreifen, um den Frauen der Nomaden alte Perlen abzuluchsen oder ihnen neue anzudienen. Von Mama Cissé, Ali Cissé, Daouda Dioum, Bauba Tall, Fofana Tidiane, Kabirou, Sidi Sow, mit denen sie seit Jahren in Verbindung steht. Wie diese die Perle mit ihrem arabischen Namen zuerst benennen: *Hamada, Sria, Hanhouna, Ain Fil Ain, Nila, Morfia, Daouda* … Oder sie berichtet von roten Glasperlen mit weißem Kern, den *Gorges de Pigeon* oder *Whitehearts*, den bunt bemalten *Fleurs de Mopti*, die in Venedig gefertigt und nach der Handelsstadt in Mali benannt wurden, den weiß gestreiften *Grains de Sel, Ambassadeurs* oder *Lewis-and-Clark*-Perlen, den *Greenhearts* und *Hudson's Bay Beads*, den blauen, böhmischen Kobaltperlen, den *Doudous* der Dogon aus Mali, den venezianischen Röhrenperlen, den *Millefiori*, die die afrikanischen Händler *Tschetschatscho* nennen …

Hört man der Toubab aufmerksam zu, so sieht man die Könige von Ghana und Benin vorbeiziehen, Königinmütter und hohe Würdenträger, die venezianische *Chevron*-Perlen tragen, gelbe grüne und schwarze, doppelt-konische Perlen, bei festlichen Anlässen zusammen mit Gold und Korallen aus dem Mittelmeer, die, auf die Kleidung aufgenäht, ihren Status dokumentieren. Sie erzählt von Höflingen, die geköpft wurden, weil sie Perlen trugen, die ihrem Status nicht zukamen, von Dienern, die Könige stützten, damit sie unter der Last der Perlen nicht zusammenbrachen ...

Mit ihren jetzt mehr als siebzig Jahren ist die Lebenslust der Toubab ungebrochen. Sie spricht über ihre offenen Projekte und Wünsche, die geplanten Reisen nach Mauretanien, Burkina Faso und Ghana und ihr Bedürfnis, noch viel mehr von der Geschichte ihrer Umgebung aufzuspüren. „Und später, viel später“, sagt sie, „möchte ich hier begraben sein, auf meinem Grundstück. Hinter dem ‚arabischen Haus‘ zwischen den Stelen der Pirogen. Es stört mich nicht, wenn ein Hund über mir döst oder sein Bein hebt. Im Gegenteil!“

Lamine

I

Lamine, der Fischer, bringt täglich frischen Fisch. Manchmal aus dem Senegalfluss, manchmal aus dem Meer. *Tioffs, capitaines, truites de mer, térails, carpes* oder *soles*. Auch solche, deren Namen er nicht kennt. Wegen des Zauns, der den ufernahen Teil des Flusses verbirgt, kann ich nicht sehen, wenn er kommt. Aber ich höre ihn, bevor er eintrifft, das Geräusch des Motors seiner *Piroge* ist mir vertraut. Es schwillt vor seiner Ankunft deutlich an und erstirbt kurz darauf. Dann weiß ich, jetzt kommt Lamine. Schon steht er vor dem Gartentor zum Fluss und hält den schönsten Fisch des Fangs in die Höhe. Ich darf ihn nicht bezahlen. Lamine nimmt kein Geld. Kategorisch lehnt er dies ab. Darüber kann man mit ihm nicht diskutieren. Natürlich weiß er, am Schluss mache ich ein Geschenk, welches den Wert seiner Gaben weit übersteigt. Das ist mir ein Bedürfnis.

Wenn ich den Fluss mit der Piroge zu meinem Strandspaziergang vor der Meereslinie überquere, sehe ich ihn oft in seinem Boot. Er fischt allein, das heißt meistens allein. Sein zwölfjähriger Sohn Sidi begleitet ihn hin und wieder, selten auch ein zweiter Fischer in verschlissener Windjacke. Man könnte meinen, dass dieser Kompagnon uralt wäre angesichts seiner vielen Falten und seiner vergilbten Augen. Auf eigenartige Weise wirkt er jedoch jungenhaft, wenn sich sein Mund zu einem Lachen verzieht und regelmäßige Zahnreihen entblößt. Zum Boot gehen beide kraftvoll gebückt. Harte Stränge treten aus ihrer Beinmuskulatur hervor, die Sehnen straffen und entspannen sich bei jedem Schritt, mit dem sie das sandige Uferstück queren. Die breiten Fußknochen, die von Wasser, Salz und greller Sonne getrübten Zehennägel, die durch Muscheln, scharfkantiges Treibgut und Holzsplitter vernarbten Fußsohlen lassen die Bedingungen ahnen, unter denen sie ihrem Handwerk nachgehen. Im Boot ziehen sie den Anker, werfen den Motor an und fahren ab. Sie drehen sich nicht mehr um, sie winken nicht, der Blick geht voraus, über den Fluss. Das möchte ich von ihnen lernen, denke ich, nicht zurückzuschauen. Nach vorne blicken, Aufmerksamkeit und Kraft auf die nächste Aufgabe richten, anstatt mich in Gedanken daran zu verlieren, was war oder hätte sein können.

Lamine hat keine Zeit für Rückschau, für Melancholie. Sicherlich auch keine Lust dazu. Seit er zwölf Jahre alt ist, fischt er. Nach dem Tod seines Vaters, der ebenfalls als Fischer gearbeitet hatte und im Meer ertrunken war, musste er die Schule abbrechen, um das Handwerk weiterzuführen. Das liegt jetzt siebenundzwanzig Jahre zurück. Siebenundzwanzig Jahre, in denen er nahezu täglich mit dem Boot hinausgetuckert ist.

Die Fischer des Dorfes jammern häufig, sagen, der Fang geht schlecht, es gibt nichts oder fast nichts. Das habe ich von Lamine noch nie gehört. Immer hat er Fisch im Boot, den spektakulärsten bekomme ich. Er sagt: „Wenn du hier bist, möchte ich, dass du jeden Tag frischen Fisch isst. Wann immer du kommst!"

II

Aufs offene Meer fährt Lamine nicht hinaus. Nicht mehr! Ich kann es nachvollziehen, nachdem ich von unserer Köchin von seinem Bootsunfall gehört habe. Neunzehnjährig damals, erzählte sie, war er mit seinem zwei Jahre jüngeren Bruder und vier älteren Fischern, alle *Wolof* aus Gandiole, flussabwärts unterwegs gewesen, um aufs Meer hinauszufahren. In den Strömungen und Strudeln der sich in der Mündung verwirbelnden Fluten kenterte das Boot. Der Kapitän, der das Boot führte – ein Familienvater mit vier Kindern –, und die drei anderen Wolof ertranken. Lamine und sein Bruder konnten sich retten. „Warum hat Allah die grünschnäbeligen Mauren verschont, die erfahrenen Wolof aber sterben lassen?", fragten sie im Dorf. Lamines Mutter wusste die Antwort: „Weil mein Vater und der Vater meiner Söhne große *Marabouts* waren. Die von ihnen gefertigten *gri-gris* haben sie gerettet. Es waren Allah und die Marabouts, die es so wollten. Ich habe für sie gebetet, wenn sie aufs Meer hinausfuhren."

III

Lamine kenne ich seit Jahren. Neulich ist er mit einem ungewöhnlichen Wunsch an mich herangetreten, denn er weiß, dass ich zu den Bewohnern des Dorfes Abstand wahre. Wir sollen ihn besuchen, seine Familie kennenlernen, dies wäre sein Traum. Den Ausdruck halte ich für übertrieben, verspreche aber, ihn zu besuchen. „Wähle den Tag und die Zeit", sagte er. „Ich werde da sein."

Als meine Frau und ich an seinem Grundstück direkt am Fluss eintreffen, erwartet er uns bereits. Im langen, frisch gebügelten dunkelblauen Kaftan sieht er wie einer der Notabeln des Dorfes aus. So wird er sich freitags für die Moschee kleiden, denke ich. Wir treten ein in sein von einer unverputzten Mauer aus Betonsteinen umgebenes Grundstück. Ein breiter Streifen Sand, baum- und strauchlos, sonnendurchglüht mit zwei Behausungen aus Beton. Ohne Anstrich. Jeweils zwei kleine Zimmer mit Öffnungen. Türen, Fenster und Fensterläden fehlen, an deren Stelle flattern sonnverblichene Stoffbahnen in der Flussbrise. Ein weiteres Gebäude wurde begonnen, eine Baustelle, in der es wie in einem Abbruch aussieht.

„Ich musste die Arbeit einstellen, als der Fluss in der Regenzeit vor zwei Jahren Hochwasser führte“, sagt Lamine. „Damals ist meine Eingrenzung eingestürzt und die Fluten überschwemmten alles. Ich musste die Mauer um das Grundstück neu errichten.“

Mitten im Sand stehen drei blaue Stühle aus Kunststoff als einziges Mobiliar. Lamine, meine Frau und ich nehmen darauf Platz. Neben meiner Frau kauert seine Mutter im Sand. Schlank, hellhäutig, mit markanten Gesichtszügen unter dem Kopftuch. Eine elegante Dame aus bestem Hause, könnte man meinen, säße sie gut angezogen in einem Café einer westlichen Stadt. Sie lächelt fein und nimmt sanft unsere Hände. Gegenüber sitzen ihre Kinder im Halbkreis im Sand: Fatou, Marianne, El Chadei, Salou, Anna, Mamadou und Sidi. Sie strahlen uns an, die Mädchen in einfachen Baumwollfähnchen, die Jungs in kurzen, verschlissenen Hosen. Wäre ich ein junger Mann, denke ich, würde ich auf Fatou warten oder auch auf El Chadei: feingliedrige, aufgeweckte Kinder, die schon jetzt die klaren Gesichtszüge ihrer Großmutter widerspiegeln. Von ihrem braunen Teint heben sich tiefdunkle Augen wie Kohlestückchen ab. Maimouna heißt Lamines Mutter wie auch seine Frau, die neben den Kindern im Sand sitzt. Unbefangen gibt sie Salou, dem Baby, das sie in einem eingeschlagenen Tuch trägt, ihre Milch.

„Wir gehören zu den ersten Bewohnern im Dorf“, sagt Lamine. „Meine Vorfahren sind seinerzeit mit vielen Kamelen aus Mauretanien eingewandert. Sie besaßen die erste Piroge im Dorf. Ich bin Maure.“ Während sein Vater spricht, legt Sidi seine Hand in meine, kurz darauf folgt auch die zweite.

Lamine ist arm. Mit dieser Familie gleichzeitig steinreich. Er ist zufrieden mit dem, was er hat. Mit der Mutter und Ehefrau gleichen Vornamens, die sich sichtlich verstehen, und sieben Kindern, die liebevoll am Vater hängen und völlig offen und vertrauensvoll uns, die Fremden, anstrahlen. Lamine hat niemals erwähnt, wie groß seine Familie ist, wie bescheiden und eingeengt sie zusammenwohnen, oder gar um eine Unterstützung gebeten. Das erfahre ich im Senegal nicht so oft. Alles hängt allein an ihm.

„Ich lebe hier wie in Deutschland“, sagt Lamine, als wir aufbrechen.

„Wie bitte?“, frage ich.

„Für mich gibt es nur meine Arbeit und meine Familie, dafür lebe ich. Oft fische ich einen Tag und eine ganze Nacht, komme wenig zum Schlafen.“

Ich denke, dass ich mehr über ihn erfahren muss.

IV

Als ich am nächsten Morgen das Geräusch des Motors von Lamines Piroge höre und er kurz darauf mit einer Seezunge in der Hand und in vor Nässe triefendem Ölzeug vor der Tür steht, ergreife ich die Gelegenheit, ihn zu befragen.

„Ich weiß, du hast die Nacht über gefischt. Vielleicht freust du dich über einen heißen Kaffee und dann können wir etwas reden“, lade ich ihn ein.

Kurz darauf sitzen wir unter den *filaos* an einem Gartentisch, und unsere Köchin bringt eine Kanne mit heißem, dampfendem Kaffee.

„Lamine, die Leute sagen, dass du einmal mit der Piroge gekentert seist und dass vier Fischer dabei starben. Nur du und dein Bruder konntet euch retten. Stimmt das? Ich würde sehr gerne mehr darüber erfahren.“

„Es stimmt.“ Er lacht ein wenig. „Die Leute im Dorf sagen, *les Maures ne meurent pas en mer*. Wir Mauren überleben immer. Und wir überleben nicht nur ein Mal, sondern acht Mal!“

„Acht Mal?“

„Ja, acht Mal. Das Unglück in der Mündung, von dem du sprichst, war das zweite Mal. Die erste Unglücksfahrt begann vor der Küste von Dakar-Yoff. Wir liefen mit einer Piroge mit sechzehn Mann zum Sardinenfang aus. Plötzlich waren wir mitten im Nebel. Es war neun Uhr morgens. Weil wir nichts mehr sahen, warfen wir den Anker. Trotzdem gerieten wir gegen Mitternacht in die Brandung, sodass unser Boot kenterte. Da war es ein Uhr nachts. Ich habe mich seitwärts am Boden der umgestülpten Piroge festgehalten, bis ich am nächsten Morgen gerettet wurde. Ich war blutüberströmt, völlig zerschnitten."

„Wieso? Hat dich das Boot beim Umstürzen getroffen?"

„Es waren die Muscheln. Der Boden der Piroge war mit Muscheln überzogen. Wenn sie sich öffnen, sind sie so scharf wie Rasiermesser."

„Was war mit den anderen?"

„Elf von uns haben das Leben verloren. Man hat nur einen Toten gefunden, aber ich weiß, dass jeder auf andere Weise gestorben ist. Mit den Händen in den Netzen verheddert, den Schädel von der umstürzenden Bordwand zertrümmert, abgetrieben ins offene Meer oder gleich ertrunken. Das Sardinenfischen ist eine Tagesarbeit, deshalb kommt es auf die Erfahrung der Besatzung nicht so an, wie wenn du drei Wochen auf dem Meer bist. Manche von ihnen konnten nicht schwimmen. Ich habe sie alle gekannt, Freunde, Bekannte, gute Kumpel. Wir hatten zuvor sieben Monate miteinander gefischt."

„Was glaubst du, weshalb du am Leben geblieben bist?"

„Allah hat es so gewollt, das glaube ich."

„Hast du im Wasser an etwas gedacht?"

„Ja, an meine Mutter, ich war noch nicht verheiratet. Ich habe auch gebetet. Eine Dame in Dakar sagte mir später, dass das geholfen hat."

„Und danach?"

„Ich war mehrere Tage im Krankenhaus. Die Leute hänselten meinen Bruder: ‚Lamine ist verrückt. Der sagt überhaupt nichts.' Ich war etwa einen Monat ohne Bewusstsein." Lamine lehnt sich zurück, schließt für einen Moment die Augen. Dann sagt er: „Die Männer waren alle *très braves*, sehr tapfer, ich denke oft an sie." Er nimmt einen Schluck aus dem Wasserglas und rückt die Träger seines Ölzeugs zurecht.

„Darf ich dir einen Joghurt bringen?", frage ich.

„Nein, es geht schon."

„Ein Stück Käse?"

„Gerne." Ich säble von der Rolle Ziegenkäse zwei Räder ab und einige Rechtecke vom Schweizer Käse. Dazu lege ich ein Endstück Baguette. Bedächtig steckt er etwas vom Ziegenkäse in den Mund und fährt fort: „Von meinem zweiten Unfall, weißt du. Ich mache es kurz: Das Meer war stürmisch, als wir die Mündung passierten. Drei Tage zuvor schon hatten wir die Netze ausgelegt. Wir mussten sie bergen, sonst wären sie verloren gegangen. Die Piroge schlug um, ich klammerte mich daran fest. Ich sah die anderen ertrinken. Konnte nichts tun. Lässt du die Piroge los, reißt dich die Strömung weit ins Meer hinaus. Niemand kann dich in den Wellen retten. Mein Bruder und ich warteten, bis die Flut einsetzte und die Piroge in den Fluss zurückschwemmte. Dann konnten wir ans Ufer schwimmen."

„Konntest du danach einfach so weiterfischen?", frage ich.

„Ja und nein. Damals habe ich mich nach einer anderen Arbeit umgesehen, konnte aber nichts finden. Du hast keine Wahl. Dann bin ich nach *Saint-Louis* gegangen und habe von dort aus weitergearbeitet."

„Gefischt?"

„Ja, weitergefischt. Der dritte Unfall passierte, als wir von Saint-Louis nach Norden ausliefen, in die Gewässer vor Mauretanien. Wir hatten Erfolg und viele Fische an Bord. In der Nacht fuhren wir zurück. Wir waren zu sechst. Ich führte zwei Stunden lang das Steuer, dann wurde ich abgelöst. Auf den Netzen liegend, versuchte ich zu schlafen. Plötzlich wachte ich im Wasser auf. Ohne den Grund zu kennen. Die Piroge war gekentert, das Wasser extrem kalt. Wir waren nahe am Ufer. Dort konnten ich und ein zweiter Fischer hinschwimmen. Ich hatte Glück."

„Weil du gut schwimmen kannst?"

„Nein, weil dort eine *khaima* war, ein Zelt. Ein Maure wohnte dort, er hatte Ziegen und Hammel. Er zündete ein Feuer an, kochte Kaffee und gab uns trockene Kleider. Ich bin für den Rest der Nacht dort geblieben."

„Und die anderen?", frage ich leise.

„Warte! Am Morgen schwamm ich zu dem gekenterten Boot hinaus. Vier Fischer hatten sich mit Stricken auf dem Boden der gekenterten Piroge festgebunden. Alle waren sie tot und völlig nackt."

„Wieder bist du am Leben geblieben! Warum?"

„Ich kann in Kleidern schwimmen. Ich behielt meine Sachen an. Die anderen zogen sich aus, um besser schwimmen zu können. Aber dann war das Wasser viel zu kalt. Sie konnten es nicht aushalten, sind auf das Boot zurück. Der eisige Wind hat sie getötet. Ohne Kleider kannst du nicht standhalten. Selbst am Ufer nicht überleben. Mein Glück war die khaima. Denn die Küste ist menschenleer. Es gibt keine Bäume. Nichts, wo du dich vor dem Wind schützen könntest. Nur Sand, Dünen, Wüste. Im Dezember ist es sehr kalt."

„Hast du eine Erklärung für das Unglück?", frage ich.

„Der Steuermann hat nicht aufgepasst, vielleicht war er sogar eingeschlafen. Er hat sie getötet und er starb auch selbst."

„Der zweite Mann, der sich retten konnte?"

„Ja, der schwamm wie ich ans Ufer. Er ist jetzt mein Freund. Oft besucht er mich, hin und wieder sprechen wir auch über den Unfall."

„Lamine, so konnte es doch nicht weitergehen."

„Du hast recht, Bruder. Ich war fest überzeugt, dass ich das nächste Mal sterben würde. Suchte deshalb Arbeit als Gärtner. Fand aber nichts. Außer der Fischerei gibt es nichts. Oder zu wenig. Als *boutiquier* eigne ich mich nicht. Ich kann nicht in einem muffigen Laden den Tag zubringen. Das würde mich umbringen." Er lacht mich an.

„Dann hast du weitergefischt?"

„Ja, weiterhin von Saint-Louis aus. Wir waren ausgelaufen, um Meeräschen zu fischen. Vier Mann. Wir ritten in den Wellen zurück. Die Rückfahrt war schwierig, denn das Boot lag schwer im Wasser. Die Piroge war voller Fische. An diesem Tag gab es sehr viel Wind, er kam von Norden. Er hat uns von hinten hochgehoben und den Bug ins Wasser gedrückt. Drei Tote. Ich war der Einzige, der überlebte."

„Wieso warst wieder du derjenige, der überlebte?"

„Ich hatte rechtzeitig nach einem leeren Benzinkanister gegriffen. An dem habe ich mich die Nacht über festgehalten. Am nächsten Tag hat mich eine vorbeifahrende Piroge aufgenommen."

„Lamine, entschuldige, dass ich alles so genau wissen will. Ich weiß, es ist traurig und es wird dich wieder an das erinnern, was du vielleicht verdrängt hast."

„Schon gut. Du kannst es nicht verdrängen. Es bleibt immer. Die drei hat man gefunden, eine Woche später. Einen Toten fand man vor der mauretanischen Küste, die anderen wurden nach Süden bis hinter Saint-Louis abgetrieben."

„Das verstehe ich nicht, sie sind doch alle an der gleichen Stelle gestorben."

„Darauf kommt es nicht an; worauf es ankommt, ist, wie schnell sich der Körper mit Gas aufbläht. Erst dann taucht er an die Wasseroberfläche. Erst dann nimmt ihn die Strömung mit." Lamines Handy klingelt. Er zieht es aus der Tasche, blickt kurz auf die Anzeige, drückt auf einen Knopf und nestelt es kommentarlos wieder in die Tasche der Hose unter dem Ölzeug.

„Beim fünften Mal gab es keine Toten. Aber ich habe den neuen Motor eingebüßt. Einen Yamaha, vierzig PS. Wir liefen um Mitternacht von Saint-Louis aus, mit Kurs auf Nouakchott. Vier

Pirogen. Ich führte die erste. Die erste Piroge läuft nur mit einem Fischer aus, ebenso wie die zweite und die dritte. Die letzte Piroge hat alle anderen Fischer an Bord. Wenn alle draußen sind, jenseits der Brandung, werden die Fischer auf die Boote verteilt."

„Warum macht ihr das so?"

„Weil der Motor mit nur einem Fischer mehr Schub hat. Deshalb haben die ersten Pirogen bessere Chancen, über die Brandungswelle zu kommen. Ich hatte jedoch Pech. Die Welle hat das Boot umgerissen. Die anderen hatten es nicht bemerkt. Die Nacht über habe ich mich an das gekenterte Boot geklammert und wurde kilometerweit südwärts getrieben. Am nächsten Morgen wurde ich gesehen und gerettet. Ich hatte keine Schwimmweste an."

Unter dem Tisch beginnen sich die jungen Hunde, die sich in der Zwischenzeit zu uns gesellt haben, anzuknurren. Ein sicheres Vorzeichen einer bald einsetzenden Balgerei. Ich leine die Hunde an – vorsorglich. „Das sechste Mal war Allah wieder auf meiner Seite. Seitdem bete ich immer. Es war auch auf dem Weg nach Nouakchott. Wir ritten über die Dünung nach Norden. Starker Wind kam auf. Die Piroge lag schwer im Wasser, denn wir hatten viel Ausrüstung an Bord. Netze, gefüllte Treibstoffkanister, Wasservorräte, den Ersatzmotor. Als der Wind und der Wellengang weiter zunahmen, haben wir Anker geworfen. Wenig später ist die Piroge eingetaucht und gekentert. Wir haben die ganze Ausrüstung, die fest mit dem Boot verbunden war, entfernt. Auch den Motor haben wir abgeschraubt. Danach konnten wir das Boot wieder aufrichten. Dafür gibt es eine besondere Technik. Zu fünft sind wir zurück ins Boot geklettert und haben uns eng aneinander gekauert. Wie die Katzen. Wir sind zu sechst gestartet, einer fehlte. Am nächsten Tag hat uns eine nordwärts laufende Piroge gesehen und aufgenommen."

„Katzen haben sieben Leben", sage ich.

Lamine lächelt. Inzwischen ist die Sonne weitergewandert und scheint uns nun direkt ins Gesicht. Lamine verengt die Augen. In der Luft liegt das intensive Dröhnen der Brandungswellen hinter dem Fluss.

„Hast du Schmerztabletten, Bruder?“, fragt er. „Es tut mir im Kopf weh, das alles, an das ich mich wieder erinnere. Aber du sollst es wissen.“

Ich stehe auf und komme mit Ibuprofentabletten zurück. Er nimmt zwei Stück, legt sie in die hohle Hand, wirft sie in die Mundhöhle und gießt Wasser nach. Dann fährt er fort: „Das vorletzte Mal war bei Gandiole. Wir hatten über die Mündung das offene Meer vor Saint-Louis erreicht und fischten Sardinen. Dort sind wir gekentert. Wir waren sechzehn Mann, sieben sind ertrunken.“

„Das Meer war zu stürmisch?“

„Nein, wir kenterten wegen der Fische.“

„Wegen der Fische?“

„Wir hatten sehr viel Fisch gefangen, die anderen Pirogen hatten nur wenig. Sie hatten die Zeit falsch eingeschätzt, waren zu spät aufgebrochen. Wenn der Mond scheint, kannst du keine Sardinen fangen. Der Mond ist wie eine Lampe. Die Fische sehen dann die Netze und schwimmen weg. Mit dem großen Fang an Bord hatten wir es eilig und liefen mit voller Motorkraft. Wir wollten einen guten Preis erzielen. Waren deshalb unvorsichtig.“

„Wie konntest du dich retten?“, frage ich. „Und die anderen?“

„Sardinen fischt man mit zwei Pirogen. Das andere Boot nahm uns auf. Die Fischer, die starben, konnten nicht schwimmen. Wie ich schon sagte, die Sardinenfischerei ist Sache eines Tages oder einer dunklen Nacht. Deshalb nimmst du auch unerfahrene Fischer mit. Das geht nicht, wenn du zwei oder drei Wochen auf dem Meer bist.“

„Das letzte Mal ...“, beginnt Lamine.

„Lass es gut sein“, unterbreche ich ihn. „Ich will dich nicht weiter quälen.“

V

„Lamine, darf ich dich noch etwas fragen? Was denkst du über den Tod?"

„Ich habe keine Angst vor dem Tod. Auch nicht vor den Toten. Wenn ich einen am Strand finde, ziehe ich ihn bis zum Beginn der Dünen hoch, damit ihn die Flut nicht wieder mitnimmt, und rufe die Gendarmerie."

„Kannst du gelassen damit umgehen?"

„Du missverstehst mich, Bruder. Nachts sitze ich manchmal im Bett aufrecht. Meine Frau sagt: ‚Was ist?' Ich antworte: ‚Nichts.' Ich möchte ihr nichts sagen. Meine Mutter weiß es." Jetzt schaut er auf und sucht meine Augen. Ich bewundere sein kantiges Gesicht, die straff ohne Falten über den Schädel gezogene Haut, den klaren Blick. Wären da nicht die feinen grauen Fäden, die das krause Haar durchziehen, könnte man denken, dass er immer auf der Sonnenseite des Lebens fischte.

„Du siehst mich zuweilen im Fluss arbeiten. Auch dort, mitten in der Arbeit, überfallen mich die Erinnerungen. Es ist sehr hart."

„Was rätst du deinen Kindern? Sidi sehe ich immer öfter in deiner Piroge."

„Ich habe ihn aus der Schule genommen. Er ist jetzt zwölf Jahre alt. Ich brauche Hilfe, er soll bei mir die Fischerei lernen. Aber Sidi muss immer, ich sage, immer die Sicherheitsweste tragen. Ich mache es jetzt auch. Ich spreche mit ihm über alles. Seit er sieben Jahre alt ist, kann er sehr gut schwimmen. Auch in Kleidern. Ich sage ihm, wenn du sie ausziehst, musst du sterben."

„Möchtest du zu den Unfällen noch etwas sagen?", frage ich ihn vorsichtig. Es wird eine Schwelle geben, an der ihn die Gefühle übermannen. Ich weiß nicht, wie sehr ich mich dieser angenähert habe.

„Nein, nichts. Nur, ich werde nie mehr aufs offene Meer hinausfahren. Ich fische im Fluss und ich lege meine Netze am Ufer des

Meeres aus." Dann wird er still. Ich bleibe auch still. Wir sitzen eine Weile. Wir hören wieder den Wind, der sich mit dem Rauschen der Brandung in den Bäumen fängt. Es ist, als ob in der Ferne ein gewaltiger, endloser Zug vorüberdonnern würde. Anscheinend hat Lamine meine Gedanken erspürt. „Dir gefällt das Dröhnen der einstürzenden Wellen. Aber Allah sei dir gnädig, Bruder, wenn du in sie hinein gerätst." Wieder ist er still. Dann sagt er: „Ich habe in meinem Leben viel gelitten. Sehr viel. Seit ich zwölf Jahre alt bin, arbeite ich."

Nachdem er sich verabschiedet hat, geht er zum Gartentor, breitbeinig wie auf einem schlingernden Schiff. Er dreht sich nicht mehr um.

Seyna möchte ans Meer

I

Paul stammt aus Marseille, ist mittelgroß und eher unauffällig. Sein lichtes, angegrautes Haar und die tief in die Stirn eingegrabenen Falten lassen vermuten, dass er sich im letzten Lebensdrittel befindet. Wer ihm im stets zugeknöpften Zweireiher in seinem Büro begegnet, mag ihn für konventionell, für überkorrekt halten, andere meinen, er sei nur altmodisch, mit überkommenen Vorlieben, eben aus der Zeit gefallen. Hinter seiner Hornbrille, die immer wieder über seine zu stark gebogene Nase rutscht, liegen sanfte, kurzsichtige Augen. Zwei Mal im Jahr nimmt er in Kauf, dass die Mandanten durch den Anrufbeantworter vertröstet oder an der zugesperrten Tür seiner Steuerkanzlei darauf hingewiesen werden, dass auch er Urlaub braucht. Bevorzugt verbringt er diesen in Afrika. Er spürt in den früheren Kolonialgebieten ein wenig der Historie nach, aber *doucement*, nicht zu viel. Von der Rauchwolke seiner Pfeife umhüllt, lässt er die Welt an sich vorbeiziehen, beobachtet, wie die Wolken am Himmel treiben, schaut ein bisschen wehmütig den jungen Mädchen nach, die vor ihm im Straßencafé auf hohen Absätzen vorbeiklappern, oder sitzt beschaulich unten am Fluss, auf dem die Boote zum Fischfang und zu Ausflügen mit Touristen auslaufen. Insbesondere am Senegalfluss, denn dort, in Gandiole, hat seine Schwester Amélie ein Ferienhaus, das auch er nutzen darf.

II

Seine Tochter Jeanne nahm er zum ersten Mal nach Gandiole mit, als diese knapp sechzehn war und gerade das *BECP*, die mittlere Reife, in der Tasche hatte. Es war ihre erste Reise nach Afrika! Als unerschrockenes, auf das Leben neugieriges Mädchen, hoch aufgeschossen mit auf die Schultern fallendem blondem Haar, verreiste sie gerne mit ihrem Papa. Gemeinsam verbrachten sie den Jahreswechsel in Amélies Haus. Ihre Erlebnisse hat Jeanne in einem Tagebuch festgehalten:

Silvester, 31. Dezember 1988

Letzter Tag im Jahr. Wir gehen ins Dorf, kaufen Lebensmittel und zwei Flaschen Champagner für den Abend ein. Davor gemütliches Frühstück, gute Ferienstimmung, alles wie an den Tagen zuvor. Doch dann fallen plötzlich die Heuschrecken ein. Zu Millionen! Innerhalb weniger Minuten verfärben sich die filaos, die Akazien und unsere Papayapflanzen. Was zuvor grün war, schimmert jetzt rosa. Als ob Bäume und Büsche Pelzmäntel tragen würden. Über und über ist alles mit den gepanzerten Insekten bedeckt, deren lange, transparente Flügel im Licht rötlich glitzern. Auch auf dem Reetdach unseres Hauses lassen sich die gierigen Geschwader nieder, hocken und krabbeln in mehreren Schichten übereinander. Nichts deutet darauf hin, dass sich die fliegende Armada zurückzieht, der Himmel bleibt voller Schwärme, wie Schneeflocken, die sich in unterschiedlichen Höhen und Richtungen bewegen. Eine Tragödie, niemand, der es nicht gesehen hat, kann ermessen, wie furchtbar das ist. Allein schon die Geräusche: Wenn das Surren der heranfliegenden Tiere erstirbt, hängt ein gleichförmiges, unheimliches Mahlen in der Luft. Unaufhörlich rieseln die Blätter von den misshandelten Bäumen, an den Stängeln abgebissen, fallen sie wie herbstliches Laub auf den Sandboden. Die verzweifelten Dorfbewohner rennen durch Gärten und Felder und schlagen wie wild mit Tüchern um sich. Vergeblich, denn nur die Heuschrecken in Reichweite fliegen kurz auf, um sich an anderer Stelle wieder niederzulassen, jene, die etwas höher sitzen, bleiben ohnehin unbeeindruckt. Das Wenige, was die Einheimischen besitzen, die kümmerlichen Nutzpflanzen, die spärlichen Bäume in der Trockensavanne, übers Jahr mühselig gehegt und gewässert, sind innerhalb von Stunden durch die Heuschreckeninvasion vernichtet. Die Leute sagen, dass das Flugzeug, das die Brut der Heuschrecken in der Sahara verbrennen sollte, nicht gekommen sei. Unser Koch sagt: „Solange es noch Pflanzen gibt, verschonen sie die Menschen."

Als der Wind dreht – er kommt jetzt vom Meer –, wird es rasch kühler. Innerhalb von Minuten ist der Spuk vorbei, die in der Glut der Wüstentäler geborenen Insekten suchen die flimmernde Hitze, vor der frischen Brise fliehen sie.

Neujahr, 1. Januar 1989

Wir schlafen aus und baden im Fluss. Die Büsche und Bäume am Ufer strecken sich, all ihrer Blätter beraubt, klagend in den Himmel ...

Am späten Nachmittag setzen wir zur Dünenhalbinsel und zum dahinter liegenden Meer über. Papa, Tante Amélie, die kleine Seyna und ich sitzen hinten im Boot. Papa joggt und taucht danach unter den stürzenden Brandungswellen hindurch. Amélie und ich beschäftigen Seyna. Sie ist die jüngste Tochter unseres Bootsführers, und ich habe sie ins Herz geschlossen. Seit unserer Ankunft haben wir sie täglich mit an den Strand genommen. Sie ist so süß anzusehen mit ihrem Kraushaar, und es ist putzig, wie sie sich bewegt. Vor den Taschenkrebsen, die sich unserem Lager von allen Seiten neugierig nähern, fürchtet sie sich sehr.

2. Januar 1989

Wieder am Meer. Am Abend wollte ich Seyna zu ihren Eltern ins Dorf zurückbringen, doch auf dem Weg begann sie, fürchterlich zu schreien. „Ich setze mich hierhin. Ich will nicht nach Hause." Sie wollte absolut nicht zurück. Ich musste Papa zu Hilfe holen, um sie ihren Eltern zu übergeben. Seyna zappelte mit Händen und Füßen, weinte und versuchte, sich aus seiner Umklammerung zu befreien. Sie hat mir so leidgetan. Papa kannte jedoch kein Erbarmen.

3. Januar 1989

... Wir haben Seyna zu sehr verwöhnt. Jeden Tag habe ich sie von zu Hause abgeholt und mit ihr gespielt, sie ist einfach zum Fressen. Ich mag gar nicht daran denken, dass wir bald wieder nach Hause fliegen. Sie bedeutet mir viel, ist für mich wie eine kleine Schwester. Ich würde sie wahnsinnig gerne adoptieren, aber Mami würde das nie zulassen.

III

Die Freundschaft mit Seyna ist geblieben. Jeanne lacht, wenn sie an die Zeit zurückdenkt, als sie zum ersten Mal nach Afrika gereist ist. „Für mich war Seyna wie eine kleine Schwester, nein, wie ein frühes eigenes Kind. Ihr Vater, der neun weitere Kinder gezeugt hatte, sagte damals zu mir, ich solle sie mitnehmen, bei uns würde sie es gut haben. Dazu kam es nicht, natürlich war es besser so."

Die Heuschreckenschwärme sind seither nicht mehr in Gandiole eingefallen, und vieles hat sich über die Jahre gewandelt. Das damals von der zivilisierten Welt abgeschnittene Dorf wurde an die Elektrizitätsversorgung angeschlossen, und es gibt jetzt auch fließendes Wasser. Der Imam, der zuvor vom Minarett der Moschee fünf Mal täglich zum Gebet aufgerufen hat, ist durch einen Lautsprecher mit angeschlossenem Tonband ersetzt worden, die frühere, einem Waschbrett gleichende Sandpiste nach *Saint-Louis* ist einer asphaltierten Landstraße gewichen.

Wann immer Paul seinen Urlaub in Gandiole verbringt, sucht er den Kontakt zu Seynas Familie. Und für Seyna hat er stets Geschenke dabei, Dinge, die sie sich selbst sonst nicht leisten kann: feingestrickte Pullover, gut geschnittene Hosen, insbesondere solche, die Jeanne zu eng wurden, Seyna jedoch gut passen. Eine Swatch, ein Parfüm oder einfach einen Geldschein. Als Seyna noch kleiner war, eine strohblonde Puppe, Bilderbücher, einen Basketball. Zuletzt bezahlte er die Krone über einem Backenzahn, der durch zu viel gesüßten Tee bereits arg mitgenommen gewesen war.

Ist Seyna nicht da, lässt er sich von ihrer Mutter erzählen, Geschichten aus ihrer Kindheit und Schulzeit. „Am anderen Ende des Dorfes haben wir einen Garten“, sagt ihre Mutter. „Oft nahm Seyna aus unserem Stall ein kleines Schaf dorthin mit, weil es ihr einsam und unglücklich schien. Sie hat Mitgefühl, mehr als meine anderen Kinder. Sie erspürt Dinge, die andere nicht bemerken, leidet dadurch manchmal auch. Als junges Mädchen versteckte sie sich einmal zwei Wochen lang auf dem Weg zur Schule hinter einem Busch. Dort wartete sie das Ende des Unterrichts ab und kam zusammen mit den anderen Kindern nach Hause zurück. Sie war so empört darüber, dass ein Lehrer einen Mitschüler geschlagen hatte – zu Unrecht, wie sie fand –, dass sie sich an einem solchen Ort nicht mehr aufhalten wollte.“

Seyna hat sich über die Zeit zu einer jungen Frau gewandelt, sie ist schlank, hat samtdunkle Augen, mit ihren krausen, in Zöpfen gelegten Haaren oder der manchmal übergestülpten Pferdeschwanzperücke zieht sie die Blicke auf sich. Auf Französisch kann sie sich gut ausdrücken, wenn auch mit gutturalem Akzent und grammatikalischen Verstößen, die ihre Freude daran, sich mitzuteilen, nicht trüben. Lebhaft gestikuliert sie mit den Händen, ihre Augen glänzen im Gespräch. Wenn Jeanne nicht dabei ist und es sich ergibt, auf einem kurzen Weg im Taxi zum Flughafen, lehnt sie sich an Paul und fasst ihn bei der Hand. Dann ist ihm, als hätte er eine weitere, eine schwarze Tochter bekommen. Einfach so, über die Jahre.

IV

Durch seine häufigen Besuche in Gandiole hat sich Paul einen zusätzlichen, afrikanischen Bekanntenkreis geschaffen. Der Strom der Besucher reißt kaum mehr ab. Die Notabeln des Dorfes, die Fischer, die Pflanzer, alle wollen sie ihre familiären Nachrichten vor ihm ausbreiten, ihre Nöte teilen, sie hoffen auf Hilfe. Berichten die Neuigkeiten, die ihn interessieren könnten: dass Mumbaye, der alte Maurer, der Amélies Haus vor Jahren errichtet hat, gestorben sei, wie auch Talla Sall, der die Gärten betreute, dass die Caritas in der nahen Stadt keine Patres mehr finde und sich deshalb aus der Fürsorge zurückziehen musste. Und dass Seyna geheiratet habe. Sie hat jetzt einen Ehemann. Bald werde sich Nachwuchs einstellen, das sei normal.

Zur Hochzeit können Paul und Jeanne nicht kommen. Seyna schreibt ihnen nach Frankreich: „... Mein Mann ist ein Musikant, der gut erzählen, tanzen, auf dem Tamtam spielen und singen kann. Leider ist er sehr viel unterwegs. Er arbeitet bei Taufen, bei Hochzeiten und anderen Festen, um die Leute zu unterhalten. Ihr müsst ihn unbedingt kennenlernen."

Dies ergibt sich jedoch nicht, als Paul danach wieder in Gandiole ist, irgendetwas kommt immer dazwischen. Oder irgendjemand, die vielen Freunde und Bekannten, die immer mehr werden. Paul geht dazu über, diese in die Abgeschiedenheit der gegenüberliegenden Halbinsel, jenseits vom Fluss, mitzunehmen. Dort kann er mit ihnen entlang der Meereslinie wandern und sich dabei unterhalten. Eine gute Möglichkeit, den Besuchern zu genügen, ohne seine geliebten Spaziergänge vor den Wellen einschränken zu müssen. Seyna, die davon erfährt, möchte es auch:

mit dem Boot übersetzen, mit ihm wandern und baden. „Nimm mich mit ans Meer! Ich war doch das erste schwarze Mädchen, mit dem du auf der Langue de Barbarie gewesen bist. So klein war ich damals.“ Lachend hält sie die Hand bis an ihr Knie.

Als sie einige Tage später gemeinsam in der Gischt der ersten Brandungswelle stehen, klammert sich Seyna an ihm fest. Paul hat nicht gewusst, dass sie nicht schwimmen kann. Sie schlottert in den kühlen Atlantikfluten. Oder ist es die Angst vor den Strömungen, der Gewalt der einstürzenden Brecher oder dem in Wasserwirbeln verborgenen Getier? Wenig später sind sie aus dem Wasser, und ihre Füße sinken auf dem kurzen Weg zu ihrem Lager tief in den Sand ein. Geschützt durch das Buschwerk steigt Seyna unbefangen und ohne Scheu aus ihrem Badeanzug. Paul schaut auf, etwas verlegen, verkrampft, aber neugierig, als Frau hat er sie nie nackt gesehen. Auf ihren Schultern glitzern feine Wassertröpfchen und dort, wo die Haut schon trocken ist, schimmern filigrane Ziselierungen aus Salz. Als sie sich bückt, um den versandeten Badeanzug aufzuheben, senken sich die kupferfarbenen Spitzen ihrer Brüste über ausschwingenden Hüften. Verstohlen blickt Paul auf das sich darunter abzeichnende Dreieck aus fein gekräuseltem Haar, aus dem Wasserfäden über ihre Schenkel rinnen. Paul ist verwirrt und, während er sich in Gedanken verliert, tritt Seyna zu ihm, löst vorsichtig die beschlagene Brille von seinen Augen und streift behutsam die triefende Badehose ab. Als sie sich danach an ihn schmiegt, rührt ihn ihre Fürsorglichkeit. Er ist dankbar, denn ihn fröstelt, er ist etwas aus dem Gleichgewicht, das Klatschen der anbrandenden Wellen dröhnt noch in seinen Ohren. Und er ist erstaunt, dass sie ihn nun mit langen Armen umschlingt, an sich drückt, festhält, ihn nicht mehr loslässt. Er fühlt, wie sein Herz schneller zu schlagen beginnt und wie ihn die Situation erregt. Auch Seyna entgeht dies nicht. Er spürt die Hand, die sich von seinem Rücken löst und zwischen ihre Körper schiebt. Sich vortastet und sanft sein Glied umfasst. Paul versucht, sich abzulenken, blickt auf die sich neugierig nähernden Krabben, verfolgt, wie sie ihre Scheren aufrichten. Über Seynas Schulter sieht er über den Wellen eine Kette Pelikane ziehen. Die Sonne ist über den Zenit gewandert und brennt mit unveränderter Kraft auf seinen Schädel. Aber es nützt nichts, er kann sich nicht gedanklich entfernen. Sein Blut hämmert in den Schläfen. Ihr Geruch ist um ihn, er spürt ihre Wärme, sie breitet sich aus, grenzenlos, und unbändiges Verlangen bricht jäh in ihm auf. Schlagartig wird er sich bewusst, dass ihn schon zuvor nächtliche Begierden um Seyna überfallen hatten. Die erträumte Gelegenheit und die unerwartete Wirklichkeit sind jetzt eins geworden. Wir sind allein, was geschehen wird, kann niemand erfahren. Keinesfalls ihr Ehemann, nicht Rinette, seine Frau, auch nicht Jeanne – sie würden es ihm nicht verzeihen. Warum auch, es wird bei dem einzigen Mal bleiben. Hier auf der Langue de Barbarie, auf der sie sich jetzt anders wiederfinden. Sie ist nicht mehr das schutzbedürftige Kind, nicht mehr die putzige dreijährige Seyna. Ihr geht es nicht ums Baden und Wandern, sie will nicht mehr wie früher bloß auf seinen Schultern hocken. Jedoch er zögert. Spürt aber auch, wie Seyna ihren Leib dichter an ihn presst, ihre Brüste sich mit ihrem schneller werdenden Atem heben und senken. Wie in Trance wandern seine Lippen über ihren Nacken, er schmeckt das Salz, die Finger wühlen durch ihr wirres Haar, er atmet ihren Duft und leckt einzelne Tropfen von ihrer Haut. Ihr Rücken glänzt in der Sonne wie dunkler Bernstein, auf dem sich feine Sandkörner als Lichtfunken abheben. Sie sprechen nicht, stehen lange, bleiben wortlos – bis er erschauert. Wie betäubt, wie von einem augenblicklichen Schwindel erfasst, taumeln die Gedanken in ihm. Er müht sich, aus einem Traum zu erwachen. Ihm ist heiß, aber es gelingt ihm, sich zu fassen, zur Besinnung zu kommen: Seyna ist Ehefrau, frisch verheiratet, an einer jungen Ehe kann er sich nicht versündigen. Nicht bei Seyna! So schwer es ihm fällt. Er müsste sich schämen. Vielleicht ist sie schon schwanger. So kann er ihre Dankbarkeit nicht annehmen. Vorsichtig löst er Seynas Arme und schiebt sie sanft, aber bestimmt von sich weg.

„Was ist los?“, flüstert sie mitten in seine Gedanken hinein. „Habe ich etwas falsch gemacht? Bist du mir böse?“

Paul presst die Lippen zusammen und schüttelt den Kopf. Seyna wendet sich zur Seite, ihr Kopf beginnt zu zittern. Als Paul ihr Gesicht zu sich zu drehen versucht, stößt sie ihn zurück. Er hat nicht bemerkt, dass sie weint. „Ich möchte nach Hause“, sagt sie leise.

Das satte Tuckern des Außenbordmotors hallt in Pauls Ohren, als sie in der Piroge zurück über den Fluss gleiten. Die Sonne hängt schräg hinter ihnen, sie sind auf dem Weg zum jetzt im Schatten liegenden anderen Ufer. Allmählich wächst das Schilf in ihr Gesichtsfeld. Seynas Augen sind voller Traurigkeit, reglos wie eine Statue starrt sie über den Bootsrand in die trüben Fluten. Es wird nicht mehr lange dauern, bis die Dunkelheit hereinbricht, und Paul weiß, dass ihn Wehmut in die Nacht begleiten wird. Aber er hat ein gutes Gewissen, er ist stark geblieben. Er hat widerstanden.

V

Als Paul im übernächsten Jahr wiederkommt, ist Seyna schon einige Monate geschieden. Kinderlos. Er erfährt es bei seiner Ankunft. Seynas Mann soll über fast drei Jahre hinweg die Ehe nicht vollzogen haben.

„Fast drei Jahre?“, fragt Paul ungläubig bei Seynas Mutter nach.

„Fast drei Jahre“, erwidert sie knapp.

„Nicht einmal versucht?“

„Nicht einmal versucht.“

„Keinerlei Anstalten?“

„Keinerlei Anstalten."

„Nichts?"

„Absolut nichts", sagt Seynas Mutter. „Der Mann ist krank, schon von klein auf."

„Ich kann Ihnen nicht sagen, wie leid es mir tut", erwidert Paul mit erstarrtem Gesicht. Er sieht verloren aus.

Die Erfahrungen des Monsieur Gérard

Die Klagen der Fischer, die sich mit ihren *Pirogen* auf das offene Meer wagten, hatte Gérard lange Zeit abgetan. Immer wieder zu hören, früher sei es viel besser gewesen, es gebe kaum mehr Fisch, langweilte ihn. Sie irrten sich, wenn sie glaubten, in der „guten alten Zeit“ sei es einfacher gewesen, dachte er. Bis er eines Tages hinter der Langue de Barbarie am Horizont die großen Fabrikschiffe sah, die mit kilometerlangen Schleppnetzen arbeiteten und mit ihren Kränen täglich mehrere Hundert Tonnen Fisch aus den Fluten zogen. Das empörte ihn und machte ihn betroffen, wie rücksichtslos die Politiker mit den Menschen umgingen, wie wenig mit der Entwicklungshilfe der reichen Nationen und dem Einsatz der Hilfsorganisationen erreicht worden war. Gérard fasste den Entschluss, sich selbst einzubringen. Direkt und unbürokratisch, er war hier in Gandiole vor Ort, er konnte helfen.

Die Bootsreparatur

Der langsam in die Jahre gekommene Gérard und das junge schwarze Mädchen – das „koloniale Paar“ – wähnt sich mit den Hunden allein auf der Langue de Barbarie. Sie haben den Senegal gequert, das niedrige Buschwerk durchschritten und es sich auf einem Badetuch bequem gemacht, vor ihnen nur noch die Dünen und die davor auflaufenden Wellen des Atlantiks. Längst sind die Fischer abgezogen, im morgendlichen Dunst haben sie ihre Netze eingeholt und andere ausgebracht, erst morgen früh werden sie zurückkehren. Allein mit dem Wind, dem Dröhnen der Brandung, den über dem Meeressaum auffliegenden Vögeln.

Völlig nackt beginnt das Paar, sich näher kennenzulernen, als sich plötzlich die Nackenhaare der Hunde sträuben. Laut bellend jagen sie ins Unterholz. Das Paar schafft es noch, sich notdürftig gemeinsam in das Badetuch einzuhüllen, bevor zwei uniformierte Gendarmen aus dem Grün brechen, begleitet von Mohktar, einem Fremdenführer, der sie mit dem Boot über den Fluss gesetzt und die Hunde beruhigt hat.

„Sind Sie Monsieur Gérard?“, fragt ein Gendarm.

„Ja“, erwidert Gérard unwirsch. „Warum fragen Sie?“

„Entschuldigen Sie die Umstände!“

„Was ist passiert? Dürfen wir hier nicht in Ruhe baden?“

Der andere Gendarm geht nicht darauf ein und fragt: „Kennen Sie Papa Diop, den Fischer aus Gandiole?“

„Ja, den kennen wir.“

„Haben Sie ihm Geld zur Reparatur seiner Piroge gegeben?“

„Ja, warum? Hat er etwas angestellt? Ich habe ihm hundertfünfzigtausend Franc gegeben, damit er mit dem reparierten Boot wieder seinem Beruf nachgehen und seine Familie ernähren kann.“

„Das genügt“, sagt der Gendarm mit nach unten hängenden Mundwinkeln. Der andere beißt sich auf die Lippen.

„Ist es verboten, einem armen Fischer unter die Arme zu greifen?“, fragt Gérard.

„Darum geht es hier nicht.“

Zwei Stunden zuvor hatte Papa Diop in Gandiole ein Taxi zur Fahrt nach *Saint-Louis* bestiegen und den Fahrpreis im Voraus bezahlt. Achtlos hatte der Taxifahrer das Geld in die Seitentasche der Wagentür gesteckt, konnte sich später aber nicht mehr daran erinnern. Am Ziel der Fahrt angekommen, beschuldigte er Papa Diop, das Fahrgeld und seine vorherigen Einnahmen an sich genommen zu haben. Es kam zum heftigen Streit, worauf der Taxifahrer mit seinem Passagier direkt zur Gendarmerie fuhr. Dort musste Papa Diop die Taschen leeren und unter Aufsicht alles Geld auf den Tisch legen.

„Das mit dem *Toubab*, dem Fremden, kann nicht stimmen“, sagte der eine Gendarm. „So freigebig sind sie nicht, die Toubabs. Die Geschichte stinkt. Ein Fischer hat keine hundertfünfzigtausend Franc in der Tasche.“

„Fest steht aber auch“, sagte der andere Gendarm zum Taxifahrer gewandt, „dass er das Geld in ihrem Taxi nicht gestohlen hat.“ Während er das sagte, zählte er das Bündel Banknoten und teilte es in zwei gleiche Teile. Wortlos schoben die Ordnungshüter das Geld in ihre Taschen. Ohne Quittung für Papa Diop.

„Damit ist die Sache geklärt. Wir haben keine Zeit, uns weiter mit der Sache zu befassen. *Partez!* Verlassen Sie jetzt die Wache! Sofort!“

„Ohne mein Geld gehe ich nicht“, sagte der Fischer. „Sie können Monsieur Gérard befragen.“

Mit der Hartnäckigkeit von Papa Diop hatten die Gendarmen nicht gerechnet.

Der Laden

Gérards Tochter hat sich mit Nafissatou, kurz Nafi, angefreundet. Diese wohnt mit ihrer an Diabetes erkrankten Mutter, zwei arbeitslosen Brüdern und der blinden Großmutter in einem Zimmer in der Medina von Saint-Louis. Dazu kommt Nafis fünfjähriger Sohn, der von seinem Vater verleugnet wird.

Gérards Tochter hat in diesem Jahr auf Weihnachts- und Geburtstagsgeschenke verzichtet, sie möchte ihren Vater dazu bewegen, der mittellosen Familie einen bescheidenen Laden zu finanzieren, damit diese ein kleines Einkommen erwirtschaften kann. Nach Anfertigung einer schematischen Zeichnung – eines einzigen nach vorne geöffneten Raums mit einem Regal –, dem Kostenvoranschlag des Maurers und der Kalkulation der Kosten für die Waren (Lebensmittel und Kleinartikel) übergibt Gérard die benötigte Summe an den älteren der Brüder, der gerade die Schule mit dem Abitur abgeschlossen hat. Der Bau des Ladens geht zügig voran: Es wird Zement gekauft, mit Wasser und Sand vermischt und in aufklappbare Formen zur Herstellung der Bauziegel gefüllt. Das Rechteck der Mauern wächst rasch nach oben und wird mit Wellblech abgedeckt. Innen werden Holzbretter als Regal an die Wand genagelt. Es steht noch die Restsumme, die für den Kauf der Waren vorgesehen ist, zur Verfügung. Davon, so denkt Gérard, denn so ist es vereinbart gewesen, kauft der Bruder Salz, Zucker, Erdnussöl, Reis, Kaffee, Milchpulver, Gasanzünder, Streichhölzer, Toilettenpapier sowie andere haltbare Kleinwaren. In Wirklichkeit jedoch ersteht er einen Farbfernseher! Als Nafi protestiert, zieht ihr Bruder ein Hirtenmesser unter dem Kaftan hervor und sticht es ihr wütend in den Oberschenkel. Die Sache liegt zwei Jahre zurück. Der Laden steht noch heute leer.

Räucherfisch

Gérard bekommt Besuch von Nianja. Er kennt sie schon lange, wenn auch nicht sehr gut. Über ihre Mutter, eine langjährige Bekannte der Familie. Nianja ist eine ihrer sieben Töchter. Sie stammen von diversen Vätern ab, doch keiner ist geblieben. Vier Töchter haben geheiratet, Save, Fatou und Fatimata sind noch im Haus und zu haben. Ebenso wie Nianja, die seit Kurzem geschieden und mit ihren Kindern wieder ins Haus der Mutter zurückgezogen ist. Es gibt noch einen Sohn, der das Lycée Charles de Gaulle in der letzten Klasse abgebrochen hat. Jetzt schuftet er in Dakar in der Hitze einer Maschine, die Kunststoffsandalen presst. Arbeitslohn erhält er bereits seit zwei Monaten nicht mehr, das Unternehmen taumelt in roten Zahlen. Die Familie kann er nicht unterstützen. „Er ist sehr mager geworden und ganz schwarz", sagt Nianja.

Während ihrer Ehe hat Nianja mit ihrem Ehemann und den Kindern im Haus ihres Schwagers im Nachbardorf gewohnt. Ihr Mann ist nahezu immer fort gewesen, er fischt vor den Küsten der *Casamance*. Trotzdem hat er die Zeit gefunden, ihr vier Kinder zu machen. In sechs Jahren. Ihr Schwager hat sie geschlagen, wie sie sagt, „wegen des Lärms meiner Kinder". Mehrfach, mit einem Stück Gartenschlauch, bis ihr Rücken in langen Striemen aufplatzte. Die Narben sind verheilt, aber noch deutlich zu sehen. Ihr Mann hat zu seinem Bruder gehalten, nur ihn verteidigt.

„Wir haben seit drei Tagen nichts mehr gegessen", sagt sie zu Gérard und blickt zu Boden. Gleichzeitig dreht sie sich ein wenig. Gérard sieht ihr jüngstes Kind, eine achtmonatige Tochter, in dem Tuch hängen, das Nianja um den Rücken geschlungen hat. „Bitte helfen Sie uns!", fleht sie. „Meine Mutter ist krank, neben ihrem Bett stapeln sich die Medikamente, die sie nehmen muss. Sie ist so schwach. Wir haben nichts. *Rien!* Nichts. Nur Hunger."

Nachdem Gérard nur zuhört und sich nachdenklich am Kopf kratzt, aber nichts sagt, fährt sie fort: „Wenn Sie mir vierhundert- oder fünfhunderttausend Franc geben könnten, so wie Sie es wollen, kann ich eine Apparatur anschaffen und Fische kaufen. Ich werde sie schuppen, ausnehmen und räuchern. Räucherfisch lässt sich gut verkaufen. Ich kann das. Damit werde ich meine Kinder ernähren, denn ihr Vater gibt gar nichts und gleichzeitig meine kranke Mutter mit durchbringen. Sie werden sehen, ich bin eine Arbeiterin, das schwöre ich."

Gérard belasten ihre schweren Sorgen und er händigt Nianja zunächst hunderttausend Franc gegen den Hunger der Großfamilie aus. Danach weitere dreihundertfünfzigtausend Franc, alles in Euro-Scheinen, um den Fisch, die Apparatur, die Zukunft zu sichern.

Am Tag darauf hört er über den Lautsprecher, der für die Aufrufe zum Gebet und zur Übermittlung von Nachrichten in Gandiole dient (erste Version): „Eine Person im Dorf hat auf dem Weg entlang der Schule zur Haltestelle des Buschtaxis die Summe von vierhundertfünfzigtausend Franc verloren. In Euro-Scheinen, siebenhundert Euro, sie fielen aus einem Briefumschlag. Wer das Geld findet, wird gebeten, es im Laden bei der Moschee abzugeben."

Am nächsten Tag hört Gérard von seiner Köchin, die von den Besorgungen zurückkommt (zweite Version): „Es ist Nianja, die das Geld verloren hat. Auf dem Weg nach Hause. Nachdem sie Sie besucht hatte, ist sie am Flussufer entlanggegangen. Viele der Dorfbewohner sind die Strecke inzwischen schon abgelaufen, in der Hoffnung, das Geld zu finden. Zwei Fischer haben sogar ihre Netze im Fluss am Strand entlanggezogen. Ein Umschlag oder das Geld sind nicht aufgetaucht."

Obwohl Gérard mit der Geografie des Dorfes nicht besonders vertraut ist, weiß er doch, dass der Weg entlang der Schule zum Buschtaxi ein ganz anderer ist als der entlang des Flussufers.

Wiederum einen Tag später kommt es zu einer Schlägerei in und vor dem Haus, in dem Nianja und ihre Mutter wohnen. Unmittelbar im Anschluss an eine Taufe im Nachbargebäude, bei der auch Nianja, ihre Schwestern und ihre Mutter mitgefeiert haben. Nach Abschluss der Feierlichkeiten hatte Nianja die Mutter des getauften Babys im Nebenhaus wie folgt beschuldigt (dritte Version): „Ich habe der Mutter des Täuflings gestattet, in meinem Zimmer, wo ich das Geld verwahrte, ihr Mobiltelefon zu laden. Während ich für einen kurzen Moment zur Toilette ging, nahm sie das Geld heimlich aus dem Umschlag. Den hatte ich unter meinem Kopfkissen versteckt." Die Mutter des getauften Babys wies dies empört als Lüge zurück. Es folgten wortreiche Beleidigungen, Tumulte, später zum Teil massive Handgreiflichkeiten, in die nach und nach weitere Angehörige beider Familien, die Nachbarn und schließlich zwei Leibwächter des Präsidenten des Comité Rural mit ihren *coupe-coupes*, ihren Macheten, eingriffen.

Erst die aus der Stadt herbeigerufene Gendarmerie kann das wilde Getümmel beenden. Sie ermittelt und stellt die Fakten fest (vierte Version): „Es gibt keinen Verlust, es wurde nichts verloren. Auch ein Diebstahl liegt nicht vor. Die Gendarmerie kennt die Personen, bei denen Nianja mit dem Geld ihre Schulden und ein anderes Projekt bezahlt hat. Sollte Nianja weiterhin Gegenteiliges behaupten, wird gegen sie Anzeige erstattet."

Nianja hat sich bei Gérard nicht mehr sehen lassen. Er kann deshalb nicht mehr als die vier möglichen Versionen wiedergeben. Ihn nervt allerdings besonders, dass der Strom an Bittstellern, die ihn sprechen wollen, ständig anschwillt. Alle geben an, dass sie seit drei Tagen nichts mehr gegessen haben.

Der Motor

Gérards Frau hat es vorher gewusst. Nicht alles Geld zeigen! Keinesfalls vor Bilals Augen den Reißverschluss der auf der Innenseite des Gürtels verborgenen Tasche aufziehen und die vier Fünfhundert-Euro-Scheine herausnehmen. „Das sieht so mühelos aus! Als ob du bei Bedarf beliebig weitere Banknoten herausholen könntest." Nur, Gérard hat es an diesem Tag satt, auf seine Frau zu hören. Seit über zwei Jahren liegt Bilal ihm in den Ohren. Dass er einen neuen Außenbordmotor für die Piroge brauche. Der jetzige sei verschlissen und unzuverlässig. Immer wieder müsse er repariert werden. Bald lasse er sich nicht mehr instand setzen. Genauer gesagt braucht Bilal den Motor für seinen Sohn Moussa. Dieser nutzt die Piroge zum Fischen, der Vater ist jetzt zu alt dafür, siebzig Jahre! Er bemüht sich noch ein wenig um seine Pflanzen – Wassermelonen, Gurken und Tomaten – am anderen Flussufer. Durch den Fischfang kann Moussa die Eltern unterstützen.

Er ist ein guter Sohn. Gérard sucht Bilals Familie in ihrem verwitterten Häuschen auf. Bilals Frau sitzt vor dem Haus im Sand. Inmitten von Schüsseln, Zwiebeln, Tomaten, einem Kranz Knoblauch, einem Teller kleiner Fische und einer Platte mit Reis. Ein Holzfeuer flackert unter einem großen Topf, in dem die *thiéboudienne*, das traditionelle Mittagsgericht, zubereitet wird. Bilal sitzt auf einem Plastikstuhl und freut sich über Gérards Besuch.

Da die Sonne vom Himmel sticht, gehen Bilal und Gérard ins Haus, in den etwas kühleren Schlafraum, der auch als Wohnzimmer dient. Gérard zieht seinen Ledergürtel aus den Schlaufen der Hose, öffnet den innen im Gürtel verborgenen Reißverschluss und entnimmt der Tasche vier Fünfhundert-Euro-Scheine. Damit kann der Fünfzehn-PS-Yamaha-Außenbordmotor in der Stadt erstanden werden. Eine Summe, die der Fischer selbst nicht aufbringen könnte. Bilal lässt die Scheine in einer Innentasche seines dunklen Kaftans verschwinden, als ob es sich um ein Taschentuch, einen Papierfetzen mit einer aufgekritzelten Nachricht oder eine kleine Tüte mit Samen für sein Tomatenfeld handelte.

„Diese Großzügigkeit kann ich niemals erwidern", sagt Bilal. „In meinem ganzen Leben nicht. Aber Allah entgeht nichts, alles sieht er. Auch das, was du bereits früher für meine Familie an Gutem getan hast. Er vergisst es dir nicht."

Als Gérard am Abend das Tor zum Fluss öffnet, um seinen Hunden Auslauf zu gönnen, sieht er auf den Treppen eine dunkle, in sich zusammengesunkene Gestalt kauern. Es ist Moussa. Wie sich herausstellt, sitzt er dort, barfuß in seiner verschlissenen Fischerkleidung, schon seit zwei Stunden. Ohne sich zu rühren, den Kopf zwischen den Knien. „Etwas Furchtbares ist passiert", sagt er auf Gérards Frage. „Mein Vater hat kurz nach Ihrem Besuch die Piroge bestiegen. Er wollte zu seinem Feld am anderen Flussufer fahren, um dort noch etwas zu arbeiten. Am Nachmittag wollte er den Motor in der Stadt kaufen. Als er die Reißleine zog, um unseren alten Motor anzuwerfen, fiel dieser ins Wasser. Mein

Vater sprang sofort hinterher, denn in den trüben Fluten kannst du nichts erkennen. Es dauerte einige Minuten, bis er den Motor wiedergefunden und ins Boot gehievt hatte. Wieder im Boot fiel ihm ein, dass er Ihr Geld in seinen Kaftan gesteckt hatte. Der Stoff war klatschnass, die Taschen waren nach außen gestülpt, und das Geld war im Fluss verschwunden. Wir haben es nicht wiedergefunden."

„Das ganze Geld, einfach futsch?", fragt Gérard ungläubig.

„Ja, es ist alles weg", seufzt Moussa. „Mein Vater ist verzweifelt."

„Warum kommt dein Vater nicht selbst?", fragt Gérard.

„Er schämt sich zu sehr", erwidert Moussa mit kaum hörbarer Stimme. „Deshalb hat er mich geschickt."

„Einem erfahrenen Fischer fällt der Motor nicht einfach aus dem Boot", sagt Gérard. „Niemals! Bevor er den Motor anwirft, vergewissert er sich, dass er an der Außenwand des Bootes gut befestigt ist."

„Das stimmt", sagt Moussa. „Aber der Vater ist alt. Das ist ihm in letzter Zeit schon mehrfach passiert."

Am nächsten Tag kommt Bilal selbst, geknickt, demütig, leise.

„Warum hast du den Motor nicht festgemacht?", will Gérard wissen.

„Weil ich schon alt bin, haben mir die Jungen den Motor ins Boot getragen, aber anscheinend die Schrauben nicht festgezogen. Ich hatte mich darauf verlassen, dass das geschehen war, so wie es üblich ist."

Die Leute im Dorf sind in ihrer Meinung gespalten. Manche von ihnen reißen Witze: „Gehe am Fluss entlang, dort kannst du viel Geld verdienen", sagen die einen. „Da kannst du lange suchen, du wirst nichts finden", die anderen.

„Mir hat Bilal erzählt, dass sein Mobiltelefon ins Wasser gefallen ist", behauptet Gérards Schwester. Sie ist betagt, manchmal bringt sie Dinge durcheinander. Dass es das Telefon war und nicht der Motor, davon lässt sie sich nicht abbringen.

„Wenn du so viel Geld bekommst, bringst du es sofort an einen sicheren Ort, du lässt es nicht im Kaftan", sagen andere Dorfbewohner. „Du vergisst das nicht."

„In meinem ganzen Leben habe ich noch nie gelogen", sagt Bilal und bekräftigt mit erhobener Stimme: „Niemals!"

Mit den ersten Blitzen, der feuchten Schwüle und den Myriaden einfallender Insekten, die die Regenzeit ankündigen, zieht sich Gérard nach Europa zurück. Die übliche Routine. Ende Oktober oder im November wird er wiederkommen. Zuvor schickt er, nach sehr langem Überlegen, Bilal nochmals zweitausend Euro.

Das Zimmer

Idrissa fröstelt immer, er ist mittelgroß und schmächtig. In den ufernahen Meeresfluten schleppt er, unbeirrt von der Brandungswelle, die ihre Gischt über ihn sprüht, bei Ebbe seine Netze und deren Marker so weit hinaus, dass ihm das Wasser bis zum Hals reicht. Aus der Ferne sieht er mit seiner roten Schwimmweste wie eine in der Dünung tanzende Boje aus. Sein Körper verschwindet darin fast ganz, wenn er seine Fallen im Wasser verankert. Mit der Flut, hofft Idrissa, werden die Fische kommen. Am Folgetag, wiederum bei Ebbe, wird er seine Netze abschotten und aus den Fluten ziehen. Meist sind es nur wenige kleine Fische, und selten lässt sich ein Kalmar in einen der Käfige mit den *filao*-Zweigen als Köder locken, die Idrissa am Meeresboden befestigt. Gérard kann sich nicht erinnern, dass er ihn jemals mit einer üppigen Ausbeute gesehen hätte.

Idrissa fällt auch deshalb auf, weil ihn stets kleine Kinder am Strand begleiten. Im Abstand vom Meeressaum umlagern sie die

Eimer, die Köder und die ausgebreiteten Netze, die in der Sonne ihren Kunststoffglanz abstrahlen. Voller Neugier betrachten sie die spärliche Ausbeute, wenden die silbern glänzenden Fischleiber und hoffen mit ihrem Vater, dass er noch etwas Glück bei seinen andauernden Bemühungen hat. Auch sie frösteln in der frischen Brise. Die Mädchen in abgewetzten Baumwollkleidchen, die Jungen in Hemden und Hosen, die wahrscheinlich schon drei Geschwister vor ihnen getragen haben.

Ihr Vater ist bescheiden und höflich. Sein Französisch ist ordentlich, auch wenn es sich manchmal in nervösem Stottern verfängt. Trifft er Gérard bei seinem Strandspaziergang, begrüßt er ihn mit gewählter Ausdrucksweise. Lächelnd, zurückhaltend, von sich aus wird er kein Gespräch beginnen. Er bittet um nichts. Seine ausgemergelte Gestalt, der karge Fang und der im kalten Wind schlotternde Körper sind Aufforderung genug. Gérard verbirgt deshalb manchmal einen Geldschein zwischen den Fingern, wenn sie sich zur Begrüßung die Hände schütteln.

Der Fischer hat acht Kinder. Mit den Eltern drängen sie sich in nur zwei Zimmern. Da gibt es keine Ruhe, nichts Privates, keinen Freiraum. Sechs der Kinder schlafen in einem Zimmer auf einer dünnen, mit einem Baumwolllaken überzogenen Schaumstoffmatte. Sie liegt direkt auf dem Betonboden. Die beiden jüngsten schlafen mit den Eltern auf gleicher Unterlage im anderen Zimmer. Wenn die Kinder heranwachsen, wird das enge Miteinander kaum noch auszuhalten sein.

Kürzlich hat Idrissa – erstmalig – doch eine Bitte an Gérard herangetragen: „Ein zusätzliches Zimmer, wenn Sie das finanzieren könnten, das wäre mein Traum. Wir sind einfach so viele."

Obwohl kurz vor Urlaubsende und deshalb knapp bei Kasse, möchte Gérard sich dem Anliegen nicht entziehen. Der stets unzureichende Fang, der schmale, fröstelnde, barfüßige Fischer, die vom erst kurzen Leben schon gebeutelten Kinder; wenn sie etwas mehr Platz haben, die Mutter sich ein wenig ausruhen kann, wenn ihr Mann seinem Handwerk nachgeht, Gérard freut sich bei solchen Gedanken.

Das zusätzliche Zimmer ist längst fertiggestellt, als Gérard im Folgejahr wieder nach Gandiole zurückkehrt. „Übrigens, Idrissa hat wieder geheiratet", sagt seine Köchin. „Er hat jetzt eine zweite Frau. Hübsch und sehr jung. Sie wohnt im neuen Zimmer." Die Angestellte weidet sich ein wenig an seiner Verblüffung. Bevor Gérard seine Fassung verliert, fügt sie an: „Wahrscheinlich hat er sie schon geschwängert."

„Das kannst du so nicht durchgehen lassen", mahnt Gérards Frau, als er ihr von dieser überraschenden Entwicklung erzählt. „Wir werden zum Gespött der Dorfbewohner, wenn du Idrissa nicht zur Rede stellst."

„Ich fühle mich hintergangen, das macht mich traurig", sagt Gérard, als er Idrissa beim Fischen am Strand wiedertrifft. „Eine zweite Frau im neuen Zimmer! Letztes Jahr hattest du das anders begründet. Du hast schon acht Kinder, für eine weitere Frau hätte ich kein Geld gegeben."

„Ich musste sie heiraten", stottert Idrissa. „Sie ist allein, ich bin weitläufig mit ihr verwandt, die Familie hat mich gezwungen."

„Das kann ich nicht nachvollziehen", erwidert Gérard ärgerlich und setzt, nachdem er dem Fischer einen vernichtenden Blick zugeworfen hat, seinen Spaziergang am Strand fort. Zwei Tage später überbringt abends ein Bote einen Tintenfisch und einen Brief, beides von Idrissa. Gérard reißt den Umschlag auf und liest:

„Lieber Monsieur Gérard,

die vergangenen zwei Nächte habe ich nicht geschlafen. Es tut mir sehr weh, dass ich Sie enttäuscht habe. Leider ist mein Französisch nicht gut genug, um alles mündlich zu erklären. Deshalb habe ich diesen Brief geschrieben. Ich möchte alles genau erklä-

ren: Es handelt sich um Ehebruch! Meine Frau hat mich betrogen, nachts, als ich beim Fischen war. Für ein paar Scheine, weil die Kinder hungrig waren und sie kein Geld hatte, um Nahrung zu kaufen. Ich wollte mich deshalb scheiden lassen. Mein Vater meinte aber, das löst das Problem nicht. Wir haben doch acht Kinder. Er sagte, ich solle eine zweite, eine junge Frau nehmen, dann wird sich meine erste Frau mehr bemühen. Er wies mich auf eine Nichte hin, ihre Eltern sind tot. Als junge Frau kann sie im Dorf nicht ohne Mann bleiben. Ich musste meinem Vater nachgeben ...“

Begegnung

Am Unterlauf des Senegalflusses herrscht Ebbe. Der Atlantik hat durch die Mündung viel vom Binnenwasser in seine Weiten gezogen und ausgedehnte Bereiche des Flussufers freigelegt. Gut für meinen Strandspaziergang barfuß über die entblößten Rillen der Dünung. Wie harte Massagefinger pressen sie sich in meine ungeübten Fußbeugen. Ich wandere am Röhricht entlang, vorbei an dem unterspülten Wurzelwerk der Strandakazien und den wie Speerspitzen aus dem Sand brechenden Schilfsprossen. Hier und da stehen einzelne in das flache Brackwasser eingedrungene Mangrovenbüsche. Horden von Flusskrabben mit ihren unsymmetrischen, überdimensionierten weißen Zangen ziehen am Ufersaum vorüber und schwärmen ins Schilf aus. Fast wäre ich darauf getreten, auf den dunklen Fleck auf dem Sandboden. Ein Teerklumpen, hier? Ich nehme die Sonnenbrille ab, bücke mich und nehme das suppentellergroße Etwas in Augenschein. Wie schwarze Gallerte zittert es kaum merklich im vom Meer her wehenden Wind. Feine weiße Tupfen auf der matt glänzenden Oberfläche fallen mir auf, verschwimmen vor meinen Augen im gleißenden Sonnenlicht. Jetzt bemerke ich, dass der dunkle Fleck anschwillt, sich zusammenzieht, sich ausdehnt, sich verengt, im gleichbleibenden Rhythmus. Die gallertartige Masse atmet. Während sie sich dehnt, reißt die Oberseite auf: ein Atemloch, ein Maul, ein Schlund? Oder ist es eine Drohgebärde, die ins Dunkel führende glitschige Höhlung mutet unheimlich an. Gleichzeitig verformt sich die Masse. Ich bilde mir ein, dass Augen zum Vorschein kommen. Oder sind es Riechorgane? Fühler? Einen Moment später liegt sie wieder unverändert da. Alles vollzieht sich lautlos, nur das Klatschen der Brandung des nahen Meeres ist zu hören. Hoch oben kreischen die Möwen.

Ich wende mich wieder meinem Fund zu. Lange Fäden ringeln sich nun seitlich und von der Unterseite hervor. Sie bewegen sich unaufhörlich. Als ob sie etwas Imaginäres greifen möchten und doch nicht fassen könnten. Unzählige Gliederstumpen, ein flächenhafter Tausendfüßer, den die Beinchen nicht fortzubewegen vermögen. Noch nicht? Wandeln sie sich später zu Fangarmen oder zu Flossen? Zu anderen Werkzeugen, deren Zweck ich nicht kenne? Eine derartige Kreatur habe ich niemals zuvor gesehen. Weder hier in Gandiole noch anderswo. Eine konturlose dunkle Masse, an der sich nichts sicher zuordnen lässt, von der ich nicht weiß, ob sie mich sieht, riecht oder in anderer Weise erspürt. Wegen mir die matte Oberseite zu einem glitschigen, ins dunkle Nichts führenden Schlund aufreißt? Oder ob sie, wenn ich mich über sie beuge, vielleicht einen giftigen Saft, einen glibbernden Schleim ausspeit.

Die Kreatur anfassen? Lieber nicht. Darauf treten, sie zermalmen, jetzt da dies leicht möglich scheint? Um zu sehen, was sie in ihrem Inneren verbirgt. Ob sie durch und durch viskose schwarze Masse ist? Um festzustellen, ob sie etwas in sich aufgenommen hat oder gespeichert hält. Nein, etwas, das atmet, zerstöre ich nicht – was immer es sein mag. Es würde mich verfolgen, nachts, wenn ich zur Ruhe komme, wach halten. Es würde mich belasten, dass ich es getötet habe. Es liegt nicht ohne Grund im Sand. Es gibt einen Sinn, dem Lebewesen kommt eine Funktion zu, auch wenn ich diese nicht kenne. Gedanken an im Dunkel lebende Wesen tauchen in mir auf. Wesen, die in der Tiefe des Meeres über lange Zeit hinweg zu bedrohlichen Kreaturen auswachsen. Liegt vor mir der Embryo eines solchen später in der Nacht des Ozeangrunds verharrenden Tieres? Das irgendwann erwacht? Vielleicht durch den fernen Ton des Nebelhorns, der den über der See liegenden

Dunstschleier durchdringt, wie es Ray Bradbury in der anrührenden Erzählung „Das Nebelhorn“ beschreibt? Ein Wesen, das in dem wiederkehrenden Laut den Ruf seines Artgenossen erkennt. Sehr langsam, wie ein erfahrener Taucher, aus der Einsamkeit der Tiefe in Sehnsucht aufsteigt und, als es seinen Irrtum bemerkt, in grenzenloser Enttäuschung den Leuchtturm zermalmt, weil dessen Horn den vertrauten Ton in den Nebel hinausschrie. Realistischer scheint mir, dass sich aus der schwarzen Masse ein Kalmar entwickeln könnte. Als Junge hat mich das blanke Grauen gepackt, als die pythonlangen Fangarme eines Riesenkraken – in filmischer Aufarbeitung der Erzählung von Jules Verne – Kapitän Nemos U-Boot schüttelten. Kreaturen mit solchen Tentakeln wurden später in der Tiefsee beobachtet oder tot an die Küste gespült. Damalige Fantasie, die die Wirklichkeit einholte! Wird dies vielleicht auch einmal auf das rätselhafte Wesen aus John W. Campbells Geschichte „Wer da?“ zutreffen, das, aus gefrorenem Wasser aufgetaut, sich der Identität des Betrachters bemächtigte? Es ist mir in Erinnerung geblieben, dass das Ding „klar und blau, wie gutes dickes Glas“ erschien und „nass und glatt“ dalag, bevor es zur Katastrophe kam. Und dass sein Betrachter „ein Jahr lang Albdrücken“ hatte.

Noch ist sie klein, meine dunkle atmende Masse. Unauffällig. Und offenbar harmlos. Es kann nicht sein, dass das Lebewesen in meine Gedankengänge eingreift. Ich habe zu viel Sonne abbekommen und mich deshalb in Gedankenspielen über eigenartige Lebensformen verloren.

Während ich den Blick über den Strand schweifen lasse, entdecke ich zwei weitere dieser Geschöpfe. Auf dem nassen Sand umspült von der Dünung die eine, ständig unter der Wasseroberfläche die andere. Auch unter Wasser können sie atmen! Wer hat diese Wesen ins Leben gesetzt? Wo ist das Muttertier, wenn es Tiere sind? Ein größeres, dunkles, unter dem Wasserspiegel treibendes Etwas kommt in mein Blickfeld. Bei jeder Wellenbewegung nimmt es eine andere Form an. Vorsichtig wate ich in den Fluss, halte Abstand, bis ich die Umrisse eines schwarzen Plastiksacks erkenne, der Spielball der Unterströmung wurde.

Nachdenklich setze ich meinen Weg am Wasser entlang fort. Als ich danach, die Flut hat begonnen, den Strandabschnitt erneut passiere, ist nichts mehr zu sehen. Vielleicht haben Möwen die atmende Masse mit ihren Schnäbeln durchstoßen und die Reste aufgepickt. Oder die über dem Fluss schwebenden Milane haben sie mit ihren Greiffüßen fortgerissen. Vielleicht haben sich die Kreaturen auch selbst davongemacht, der aufsteigende Fluss hat sie aufgenommen. Wahrscheinlich. Vielleicht sind sie jetzt schon im Meer. Dort werden sie leben, sofern sie nicht vorzeitig im Rachen von Raubfischen enden. Wenn eines überlebt und wächst, wächst ...?

Vorstufen, ungeformtes Leben, gerade geschlüpfte Kreaturen, Keimzellen unheimlicher Geschöpfe, versprengte Fetzen Neugeborener? Medusenkinder, kommt mir plötzlich in den Sinn. Wie ist das eigentlich mit dem Sex bei Quallen?

Antras Lächeln

I

Modejournalisten würden Antras Gesicht als *cover material* betrachten. Es besitzt das gewisse Etwas, von dem niemand weiß, was es genau bedeutet für Zeitschriften wie Vogue, Harper's Bazaar oder Elle. Es könnte Käufer anlocken, weil es neugierig macht, vielleicht Sehnsüchte auch oder versteckte Wünsche anspricht. Ich glaube, es wäre nicht einmal der übliche Aufwand erforderlich, um Antra titelbildtauglich zu schminken. Ihre Gesichtszüge müsste man nicht aufmachen, die breiten Lippen nicht unterspritzen, die dunklen Wimpern nicht tuschen oder verlängern, Make-up, Lippenstift, künstliche Augenschatten bräuchte sie nicht.

Ihre hellbraune Haut rührt von den Berbern her, ihrer nordafrikanischen Abstammung. Ihr Lächeln, das blendend weiße Zähne blitzen lässt, wirkt ungekünstelt. Sie lächelt nicht, um für sich einzunehmen. Vermutlich weiß sie auch nicht, dass sie aufregend schön ist, ihre Stirn hochgebogen, die etwas zu breite Nase in Proportion zu großen, samtdunklen Augen, die sich fast bis zu den Schläfen strecken, und dass, wenn sich ihre Mundwinkel zu einem Lächeln auseinanderziehen, von ihr ein Zauber ausgeht, dem ich mich nicht zu entziehen vermag. Eine Stunde lang saß Antra mit mir unter den Strandkiefern am Gartentisch zum Fluss, suchte ihren zappeligen dreijährigen Jungen immer wieder zu beruhigen, daneben ihr Mann Mattany mit der einjährigen Tochter Aiwa auf dem Schoß. Bevor sie sich verabschiedeten, hatte ich einige Fotos gemacht, danach Antras Bild eine Zeit lang in den digitalen

Fokus zurückgerufen, vergrößert, ihre Familie weggeschaltet, um immer wieder nur sie zu sehen. Wie aufrecht sie ihren Kopf auf dem langen, schmalen Hals trägt, das rostrote Baumwolltuch, das die Haare verbirgt, hoch aufgestellt wie Nofretete. Wie sie lächelt, so verletzlich, zerbrechlich. Ich erinnere, dass ich mir heimlich wünschte, dass sie häufiger lächelte, es länger andauerte, dass ich mich daran weiter wärmen könnte. Forderte ich sie dazu auf, weiß ich, dass das Bescheidene, Schüchterne, Unverfälschte darin verloren ginge. Ihr Lächeln lässt nicht das ganze Gesicht leuchten, es ist nicht provokativ, rätselhaft, hintersinnig, hochmütig oder einladend. Es saugt mich nicht an und verwirrt mich nicht, Empfindungen, die ich auch genießen könnte. Es ist, als ob aus der Weite ihrer Seele etwas Zartes aufsteigen und einen einfühlsamen, anteilnehmenden Menschen bloßlegen würde. Den ich, weil ich darin etwas Hilfloses erahne, vielleicht in einem übertriebenen, fehlgeleiteten Drang schützen möchte, damit ihn die Banalität seines Alltags nicht zerreißt. Kann man einen fremden Menschen nur deshalb umarmen wollen, weil er, für einen flüchtigen Augenblick, gelächelt hat?

II

Antra wird es auf kein Titelbild schaffen. Kein Agent weiß von ihr, sie hat weder Verbindungen noch Kontakte. Wahrscheinlich würde sie es auch nicht wollen, ihre Bedürfnisse sind andere. Zu Hause ist sie in Mouit, einem Dorf, das sich an Gandiole mit wenigen Häusern anschmiegt und zur Trockensavanne hin öffnet. Als sie vor sieben Jahren geheiratet hat, war sie gerade zwanzig. Anders als damals viele der jungen Senegalesinnen durfte sie die Schule besuchen, musste sich nicht mit *Wolof* als einziger Sprache begnügen. Sie versteht Französisch besser, als sie es spricht, und dass sie rechnen gelernt hat, kommt ihrem bescheidenen Geschäft zugute: Sie bäckt Reiskuchen und *fateye,* in Erdnussöl frittierte, mit gehacktem Thunfisch, Zwiebeln, Knoblauch und Piment gefüllte Fladen, und bietet sie in der Nachbarschaft an. Aus bunten, billigen Kunststoffperlen fertigt sie außerdem Armbänder, die durch die Wahl der Farben und die Abfolge ihrer Perlen ansprechen. An ihrem Handgelenk sehen sie gut aus, sodass sich gelegentlich beim Verkauf der Speisen noch der von zwei oder drei Armbändern anschließt. Zum Leben reicht es nicht. Sie geht deshalb auch ohne ihre Erzeugnisse in Häuser, wo man sie kennt, heute im nahen M'Diol, einem Weiler mit versprengten Bleiben, morgen in ihrem Heimatdorf, übermorgen in Gandiole. Sie bittet um einige Münzen, eine Schale Reis, eine Orange oder Mango auf ihre Weise, sie ist zu schüchtern, es zu formulieren. Ihr Gesicht drückt aus, dass sie etwas braucht, sie ist zu verlegen, es anzusprechen. Die Leute wissen es, denn ohne Not kommt Antra nicht. Wenn sie erscheint, braucht sie etwas, um zu überleben. Ohne die Gaben wäre sie mit ihrer Familie verloren, zu der noch die kranke Mutter ihres Mannes zählt, die sie mitversorgt. Woran die Mutter leidet, weiß niemand. Zwei Monate wurde sie im Krankenhaus in Dakar behandelt, danach ohne Prognose mit einer Schachtel Medikamente entlassen. „Zu Hause wird es wieder gut", hatte ihr der Arzt wider besseres Wissen versprochen. In Mouit kam das Kribbeln wieder, als ob unzählige kleine Käfer über und unter ihrer Haut krabbelten, die Müdigkeit, die den ganzen Körper lähmende Schwäche. Auch sie sucht Nachbarn und Bekannte auf, sie kann auf direkte Weise bitten, wenn sie es schafft in den kurzen Perioden, in denen sie sich nicht auf einem Baumwollfetzen auf dem Betonfußboden in ihrem Zimmer niederlegen muss. Ihr Ehemann hat sie schon vor Jahren verlassen.

Ob Antra traurig ist, das lässt sich nur vermuten. Ihr Herz lässt sich nicht lesen. Über ihre Situation spricht sie nicht, sie verbirgt ihre Gefühle und was sie darüber denkt, dass die Frauen, die ihr ein paar Münzen oder Zuckerwürfel in die Hand drücken, sich mit ihrer vermeintlichen Großmut vor anderen brüsten, über ihre Not spotten, sich über ihre Armut auslassen. Unbeirrt bedankt sie sich mit ihrem Lächeln, das an die geschwätzigen Weiber verschwendet ist, oder zeigt mit einem Knicks demütige Stärke in ihrer Schwäche. Wenn sie zu Hause in der Stille, dort, wo es verborgen bleibt, in sich zusammenstürzte, weinte, mich würde es nicht wundern.

III

Als Antra und Mattany geheiratet haben, war ihre Welt für kurze Zeit heil. Täglich fuhr Mattany mit dem Taxibus in die Markthalle nach *Saint-Louis*, um dort in seiner Werkstatt zu arbeiten, in der zum Seitenarm des Senegal zugewandten Zeile der Schneider, wo sich die winzigen Ateliers Seite an Seite drängen. Im schwülen Halbdunkel summen dort die Nähmaschinen unter sich langsam drehenden Ventilatoren, die den gebeugt sitzenden Schneidern Luft zufächeln, unbeeindruckt von den lautstark geäußerten Wünschen vornehmlich der Kundinnen. Im Gang davor stolzieren sie wie Pfauen hin und her, im Freien wird gemessen, anprobiert, gefeilscht, gelobt und geschimpft, wenn die Maße nicht stimmen, gelächelt und gelacht. Mattany war für zuverlässige und vielseitige Arbeit bekannt, die er mit seinen vier Lehrlingen stets pünktlich fertigstellte. Er strahlte über das ganze Gesicht, wenn er die *boubous*, Hosenanzüge, *taibas*, die zweiteiligen Kostüme der Frauen, oder die vielfarbigen Röcke, die er aus bunten Baumwollflecken zusammennähte, übergab. Besonders bekannt war er für seine Stickereien, die er auf Säume und Bordüren in arabischer Ornamentik oder nach kalligrafischen Mustern aufbrachte.

Die Hochzeit fiel in die Zeit, in der ein wundersamer Drang die Menschen der Region Gandiole erfasste. Es war, als ob ein Vorhang, der alles verstellte, mit einem Schlag gerissen wäre und den Weg nach Europa freigemacht hätte, dem sie folgen mussten, dorthin, wo Arbeit, regelmäßiges Einkommen, einfach ein besseres Leben auf sie wartete. Nur eine Fahrt mit der *Piroge* entfernt, entlang der Küsten des Senegal, Mauretaniens und Marokkos und dann hinüber zu den Kanarischen Inseln. Zu Hunderten brachen sie auf, waren mit die Ersten, die den Senegal so verließen, darunter auch Mattany. Er gehörte nicht zu denen, die der aus Arbeitslosigkeit, Armut und fehlenden Zukunftsaussichten gemixten Misere zu entkommen suchten. Sein bescheidenes, jedoch stetiges Einkommen, die liebevolle Antra, die Kinder, die sich einstellen würden, waren die Fäden, die ihn hätten halten können. Wie bei Angst richten bloße Argumente auch bei ansteckendem Fieber nichts aus: Mattany hörte auf niemand, kündigte die Pacht der Werkstatt, entließ die Lehrlinge und verkaufte seine fünf Nähmaschinen überstürzt zu einem schlechten Preis, der gerade die Kosten der Überfahrt decken sollte. Antra hatte er zuvor geheiratet, damit sie während seiner Abwesenheit seine Mutter versorgte. Wenig später legte die Piroge von Elinkine, einem Fischereidorf in der *Casamance* im Süden des Senegal, ab.

IV

Mattany war nicht mit dem Wasser vertraut, hatte nie im Senegalfluss gebadet, war niemals in einer Piroge gesessen, kannte die See nicht, konnte nicht einmal schwimmen. Wie die anderen über zweihundert in zwei Pirogen gedrängt hockenden Bootsinsassen setzte er sein Vertrauen in den Kapitän und seine Besatzung. Zu Recht, denn bei wolkenlosem Himmel und ruhigem Meer kamen sie gut voran. Sie sangen und beteten zusammen und waren voller Zuversicht. Nach etwas mehr als zwei Tagen liefen sie schon vor der mauretanischen Küste, die sie nach einer Woche verließen, um auf der Höhe Marokkos – sie konnten bereits die westwärts fliegenden Flugzeuge der Royal Air Maroc sehen – mit einer Linkswendung aufs offene Meer hinaus Kurs auf die Kanaren zu nehmen. Bald würde sich ihr wunderbarer Traum erfüllt haben. Sie verloren sich in Fantasien über die herrliche Welt, die sich für sie auftun würde. In Gedanken spazierten sie schon durch die Winkel und Gassen der Städte der *Toubabs*, nach der Arbeit, die sie in Olivenhainen und auf Orangenplantagen verrichten würden. Sie sahen glutäugige Spanierinnen vor sich, die barfuß in leichten, vom sanften Wind gebauschten Gewändern vorüberschlenderten und sich verstohlen nach ihnen umwandten, weil es sie nach Abenteuern mit Afrikanern dürstete. Nächte voller Zärtlichkeit und Küsse.

Während sie sich immer tiefer in die paradiesischen Verhältnisse hineinlebten, verdüsterte sich am Nachmittag des neunten Tages der Himmel, heftiger Wind ließ sie zittern. Die Piroge ritt nun in zuvor nie gesehener Dünung, die sich bei Einbruch der Dunkelheit zu haushohen Wellen auftürmte. Das Boot schnitt in die Wellenkämme ein, stürzte in die Wellentäler hinab, neigte sich zur Seite, eiskalte Gischt klatschte über die Bordkante und durchnässte die Insassen bis auf die Knochen. Längst hatten sie die Sitzplanken verlassen, kauerten auf den Bodenbrettern, froren, schrien, beteten. Und fluchten. Im Brausen der brechenden Wellen und der kalten Böen konnten sie die Kommandos des Kapitäns – „*Accélérer!*“, „*Réduire!*“, „*Faites demi-tour!*“ – für den Rudergänger nur noch schwach vernehmen und hofften inständig, dass es mit der wechselnden Motorkraft gelänge, zwischen den Wogen und Sturzseen zu manövrieren. Auf den Ruf „*Mettez à côté*“ drängten sie auf die der anrollenden Welle abgewandte Seite hin, damit so die aus der Dünung gehobene Bordwand dem Aufprall der Wassermassen höheren Widerstand bot. Der ratternde Motor heulte in unregelmäßigem Takt auf, wenn der Bug der Piroge nach vorne tief ins Wasser eindrang und die Heckschraube für einen Moment hoch in der Luft leer durchdrehte. Weil das Boot ständig Wasser nahm, mussten zwölf von ihnen in wechselnder Schicht unaufhörlich das Wasser mit Eimern ausschöpfen. So ging es durch eine angstreiche Nacht und den nächsten Tag, denn der Seegang hielt in unverminderter Stärke an. Minuten erschienen ihnen wie Stunden, Stunden zogen sich zu Tagen, es kam ihnen vor, als wollte der Höllenritt niemals enden. Nie zuvor in ihrem Leben hatten sie ein Meer erfahren, dessen Wellen sie wie massige, aus allen Richtungen einfallende Tiere mit Tod und Verderben bedrohten.

In der folgenden mondlosen Nacht verloren sich die beiden Pirogen. Sie waren auf sich allein gestellt, als sie bemerkten, dass durch die verteerten Fugen des Bootskörpers langsam Wasser einsickerte. Die Insassen hatte schon viel früher lähmende Furcht gepackt, das Bewusstsein, dass sie ihr Leben aufs Spiel gesetzt hatten – und es verlieren würden, durchdrang ihren ganzen Körper. Krank vor Angst und Entsetzen sehnten sie das Ende der Nacht herbei. Als die ersten Schimmer des Tageslichts den morgendlichen Dunst und die Wasserschleier durchdrangen, mussten sie mitansehen, wie zwei von ihnen über Bord sprangen und sofort untergingen. Kurz darauf ließ der Kapitän mit vorgehaltenem *coupe-coupe* einen dicken, ältlichen *Marabout* an Händen und Füßen fesseln und an die Querplanke binden. Er hatte nur noch wirr von seinen Eltern geredet und angekündigt, sich ebenfalls in die Fluten zu stürzen. *„Ce sont les affaires du Schaitan.“* Der Teufel ist mit uns, dachten sie jetzt, denn tagsüber fanden sie ausreichend Platz, in der Nacht zuvor hatte dagegen nicht auszuhaltende Enge geherrscht. Im vollen Tageslicht entdeckten sie eine Gestalt an Bord, die sie glaubten, zuvor nicht gesehen zu haben: die Nase und Augenbrauen verbrannt, die Wangen aufgeplatzt, rote, mit weißem Schorf an den Rändern besetzte Flecken an den Unterarmen. Er sei aus Dakar, behauptete der Mann, niemand kannte ihn. So sieht der Teufel aus, dachten sie, hielten ihn für diesen und fürchteten sich. Da er keine Fürsprecher fand, schnitten sie ihm sämtliche seiner zahlreichen um Hals und Hüften gebundenen *gri-gris* ab. Er flehte sie an – „Lasst mich hier, ich habe euch nichts getan, bitte, bitte. Ich bin doch euer Bruder" –, winselte und schlug zuletzt wie wild um sich. Es nützte ihm nichts. Sie stießen ihn von Bord.

Am frühen Abend sprang erneut ein Mann in eine abflauende Welle, die ihn mitnahm. Sein Bruder, der mit ihm an Bord gegangen war und ihn zuvor mehrfach festhalten konnte, verlor in diesem Augenblick den Verstand. Schrie und schrie und schrie, war nicht mehr zu besänftigen, bis sie auch ihn fesselten und ihm den Mund mit einem Lappen zubanden. *„Le gars tombe, la pirogue continue"*, Mann über Bord, die Piroge hält ihren Kurs. Andere waren schon früher völlig von Sinnen, hatten ihre Kleidung vom Leib gerissen und saßen mit irrem Glanz in den Augen nackt unter ihnen, zitterten tagsüber in der flirrenden Sonne, in den eiskalten Sprühnebeln der Gischt und nachts im böigen Wind, der alles durchdringenden Kälte. Das Boot taumelte weiterhin in starker Dünung, es ging nach oben und unten, es neigte sich nach einer und der anderen Seite, es nahm über die Bordkante flutendes Wasser und immer mehr auch durch die Ritzen der Planken.

Auch die Sache mit Mustapha beunruhigte die Bootsinsassen zunehmend: Zwei Reihen vor Mattany hatte er sich mit seinem Nachbarn in eine Persenning gehüllt und angekündigt, dass er als Nächster springen und ihn in der Plane mitreißen würde. Als der Morgen des nächsten Tages von Osten her aufzog, fehlten beide. Wie es nachts zugegangen war, wusste keiner. Gegen Mittag tauchte ein grauer Vogel mit schwarzen Schwingen aus dem Nichts auf, ein Landvogel vermutlich, da er sich nicht auf die Dünung wagte. Vielleicht war er einem Frachter gefolgt oder einem Matrosen dort entkommen. Über Stunden hinweg flog er der Piroge nach, umkreiste das Boot, näherte und entfernte sich wieder. Sie streckten ihm über die Bordkante ein Ruder entgegen, damit sich das erschöpfte Tier dort ausruhen könnte. Noch ahnte niemand, dass er der Überbringer einer Nachricht war, deren Ursprung wie ihr Schicksal im Ungewissen lag. Laut krächzend ließ er sich schließlich auf dem Kopf eines *Fulbe* inmitten der Wolof nieder, der für die Zeit, in der der Vogel dort verharrte, wie versteinert dasaß. Als er wieder aufgeflattert und außer Sichtweite geraten war, erwachte der Fulbe wie aus einem tiefen Schlaf in den Alptraum seiner Realität, erhob sich bedächtig, stieg auf die Sitzplanke und richtete sich hoch auf. Jetzt, da ihn alle sahen, rief er mit sich überschlagender Stimme: *„Mi soubama, mi soubama! Somi diwani honone fof hone mayate!"*, und sprang mit einem Satz in die Fluten. Die Wolof verstanden seine Sprache nicht und fühlten doch, dass er geschrien hatte, er sei erwählt worden. Der Vogel ist das Totemtier der Familie, ahnten die Wolof und begannen, sich ihre Vermutungen zuzurufen, er musste dem Zeichen des Unglücksvogels folgen und sich opfern. „Habt ihr sein Gesicht gesehen", fragte einer, „kurz bevor er sprang? Es glühte auf wie von einem inneren Licht." Sie warfen ihm ein Seil nach, obwohl sie ihn nicht mehr sahen.

Am Nachmittag, bei jetzt schwächerem Seegang, stand die Piroge plötzlich während einer halben Stunde, obwohl die Heckschraube mit voller Kraft drehte. „Es ist der Fulbe", murmelten die Bootsinsassen jetzt, „sein *khaptal*", die übernatürlichen Kräfte, die ihm sein gri-gri verliehen hatte. Noch später an diesem Tag antwortete Mattanys enger Freund, ebenfalls ein Schneider, nicht mehr. Durch ständiges Erbrechen völlig entkräftet, mit vor Durst geschwollener Zunge, die seine Mundhöhle nahezu ausfüllte und aufgeplatzten, in der salzigen Gischt schmerzenden Wunden, der schmächtige Körper von Angst erfüllt, hatte sich seine Lebensenergie verzehrt wie das Wachs einer verlöschenden Kerze. Er lehnte tot mitten unter ihnen. Mattany wollte, dass der Leichnam an Bord bliebe, um ihn an Land zu bestatten. Sie hörten nicht auf ihn, schoben ihn grob zur Seite. „An Bord kann man keine Toten dulden." Als der leblose Körper im Wasser aufschlug, schrie Mattany laut auf und verlor danach das Bewusstsein. Dass die Piroge sechs Stunden später in die Baie du Lévrier einlief, bekam er nicht mehr mit. Genauso wenig wie die mehr als hundert ausgedienten Schiffswracks, die ihre skrupellosen Eigner dort auf Grund gesetzt oder mit ausgeworfenen Ankern hatten verrotten lassen. Gekippt, gekentert und durch braunen Rost entstellt, waren die Schiffe wie er am Ende einer Reise angekommen, die voller Hoffnung begonnen und an diesem unerwarteten Ort ihren unsäglichen Abschluss gefunden hatte. Als Mattany das Bewusstsein wiedererlangte und feststellte, dass der Kapitän das leckende Boot nicht auf den Kanarischen Inseln, sondern im mauretanischen Nouadhibou angelandet hatte, war er zu resigniert, um zu verzweifeln. In den Räumen einer Kaserne wurden er und die anderen auf dumpf riechenden Matratzen sich selbst überlassen, bis die Behörden sich davon überzeugt hatten, dass die ausgezehrten Bootsinsassen niemand anders als in einer ungewollten Wirklichkeit gestrandete Mitmenschen waren. Denen sie nicht nur in Europa, sondern auch in ihrem leeren Wüstenstaat keine Zuflucht gewähren würden. Teilnahmslos ließ Mattany die Formalitäten der Abschiebung über sich ergehen.

V

Dass zwölf der Insassen gestorben waren und die Mehrzahl unter ihnen den Tod als bessere Alternative zur Fortdauer der Schrecknisse selbst gewählt hatte, dass der Mann, der angeblich aus Dakar stammte, den sie für den Schaitan hielten, über Bord gestoßen worden und ein anderer, der auf dem Heck saß, um seine Notdurft zu verrichten, rücklings ins Meer gefallen war – oder hatte ihn jemand gestoßen? –, weiß ich nicht von Mattany. Nichts von alledem erzählt er, bestenfalls sagt er einige dürre Sätze: „Die Reise war schwierig. Mein guter Freund ist gestorben. Ich hatte große Angst.“ Dann verstummt er, starrt vor sich hin. Der Fischer, der mir den tatsächlichen Hergang geschildert hat, ist mit ihm im

Boot gewesen. Er kannte den vor der nordwestafrikanischen Küste in Böen einbrechenden Passat. Er wusste, dass haushohe Wellen aus wechselnder Richtung auflaufen können, aber auch, dass ein kaltblütiger und erfahrener Kapitän mit einem soliden Boot die Chance hat, standzuhalten. Eine Zeit lang jedenfalls. Er konnte sie abschütteln, die Höllenfahrt, wie er sie nennt. Für ihn ist sie bloße Erinnerung an eine nasse Herausforderung, der er sich auch zukünftig stellen wird. Zum Fischfang fährt er wieder in die große Weite hinaus.

Mattanys Bootsreise liegt etwas mehr als sechs Jahre zurück. In der Zeit danach kommen die beiden Kinder zur Welt, Doudou und Aiwa, das Baby. Ihr Vater bleibt zu Hause, arbeitet nicht mehr. Solange die Sonne auf sein Häuschen brennt, bleibt er drinnen, zieht sich hinter die weißen Vorhänge zurück, die statt der Fenster und Türen vor den Mauerdurchbrüchen flattern. Fällt Schatten über die Bleibe, setzt er sich auf einen Holzbock zum Weg. Den Kopf in die Hände gestützt, starrt er vor sich hin, stundenlang. Spricht man ihn an, wenn er in seiner Gedankenwelt versunken ist, oder versteht er etwas nicht oder dauert es ihm zu lang, fährt er auf in fahriger Bewegung und erregt sich schnell. Dann sickern wie aus einem verschütteten Brunnen wirre Worte aus seinem Mund ohne Sinn, ohne Konstruktion der Sätze, niemand versteht ihn. In ruhigen Momenten, wenn er wie durch Watte abgestumpft inneren Frieden verspürt, sagt er, dass er nicht krank sei. Wer ihn früher kannte, weiß jedoch, dass es in seinem Kopf nicht mehr stimmt. Er fragt nach Aufträgen, möchte arbeiten, schneidet die Stoffe zu – aber vernäht sie nicht mehr, jahrelang bleiben sie liegen. Vorschüsse hat er verbraucht, niemand, der seine Geschichte kennt, schilt ihn deswegen. Das Problem lauert in der Nähmaschine, die ihm ein Nachbar aus der Schneiderzeile geliehen hat: Er kann sich nicht in ihrer Nähe aufhalten, nachdem er das darüber geworfene Baumwolltuch weggezogen und das Laufwerk in Gang gesetzt hat, steht er auf und geht fort. Bayal sagt, es sei das auf-

und abschwellende Geräusch, das ihn an das Beschleunigen und Drosseln des ratternden Motors der Piroge und das schrille Aufheulen erinnere, wenn ihr Bug tief ins Wellental hinabglitt und die Heckschraube in der Luft wie vom Wahnsinn gepackt leer durchdrehte. Das unaufhörlich in seinem Gedächtnis weiterdröhnt wie das Rauschen der Brandung in einer aus tropischen Gewässern stammenden Muschel. „Unsinn", sagt meine Köchin. „Er erinnert sich an die fünf Nähmaschinen, die er besessen hat. Weil er sie zu einem schlechten Preis verschleudert hat, um den Fehler seines Lebens zu begehen. Er kann es nicht verkraften." Ich hatte mir selbst eine andere Theorie zurechtgelegt, als ich erfuhr, dass Mattany mit angepackt hatte, den Mann aus Dakar zu bändigen und über Bord zu stoßen. Als ich ihn in einem guten Moment vorsichtig darauf ansprach, erwiderte Mattany: „Das nimmt mir die Ruhe nicht. Das Gewissen auf dem Meer ist ein anderes als das Gewissen an Land. Alles war irreal. Für uns war er der Schaitan. Es musste geschehen."

Antra bleibt loyal an Mattanys Seite, sie beklagt sich nicht. Sie pflegt seine kranke Mutter, bäckt, fertigt die billigen Armbänder, verkauft und bettelt, wenn die Familie nichts zum Essen hat. Versorgt ihren Mann und Sohn. Der Tochter wird sie noch ein weiteres Jahr die Brust geben. „Andere Frauen kehren zu ihren Eltern zurück, wenn es ihnen so ergeht", sagt die Köchin. „Aber nicht Antra!"

Wenn ich in Saint-Louis am Seitenarm des Senegal entlangschlendere, vorbei an den Rundbögen des ockerfarbenen Hospitals, dem Sonatel-Gebäude, und die Brücke Mustapha Malick Gaye zur Markthalle betrete, freue ich mich, wie die Wimpel der unzähligen, quer zur Strömung verankerten Pirogen im böigen Seewind flattern. Seitlich zur altersschwachen Schlange gelber Taxis, die über die Brücke kriecht, kommen die koketten, ein bisschen aus der Form gegangenen Senegalesinnen mittleren Alters ins Bild.

In schnatternden Gruppen paradieren sie in maßgefertigten boubous, die ihre kräftigen Schenkel verbergen. Auf dem Haar ein wie ein Salatkopf gebundenes Tuch aus gleichem Stoff, das ihren verheirateten Status ausweist, darunter blinken Ohrringe aus mit einem dünnen goldenen Film überzogenem Blech. Vielleicht sind sie schon wieder mit einem neuen Auftrag auf dem Weg zur Zeile der Schneider. Dort, wo früher Mattany gearbeitet hat, kommt mir in den Sinn. Für einen Augenblick, bis sich die Gedanken wie frühe Nebel im Morgenlicht auflösen, denn es stellt sich wieder ein, erfüllt mich, und ich möchte, dass es andauert vor meinem inneren Auge: Antras Lächeln.

Nachts unterwegs

I

Babacar hat es nach Spanien geschafft. Dreizehn Tage auf dem Meer, die letzten sechs mit ausgefallenem Motor ohne Steuerung hilflos auf den Fluten treibend. In der brütenden Tageshitze, bei hohem Wellengang, in der nachts einfallenden Kälte und voller Furcht. Die Haut von der Sonne versengt, mit Blasen überzogen. Zwei Mal sahen sie nachts die Positionslichter großer Schiffe in der Ferne, reckten ihre Lampen in die Höhe, knipsten sie an und aus. Vielleicht hatte die Besatzung sie gesehen, vielleicht jedoch auch nicht – unbeirrt verfolgten die Schiffe ihren Kurs. Vielleicht waren es gar keine Schiffe gewesen, die sie zu sehen glaubten. Als die Dunkelheit die fernen Lichter ein zweites Mal verschluckte, schrie plötzlich einer der Bootsinsassen wie wahnsinnig. Unmittelbar darauf ließ er sich über die Bordwand gleiten. Er konnte nicht schwimmen.

Das Bewusstsein von Zeit, Richtung und Entfernung war den Schiffbrüchigen abhandengekommen, wie auch das Gefühl von Hunger und Durst. Sehnlichst warteten sie darauf, dass endlich Möwen oder andere Seevögel auftauchen würden, die die Nähe von Land ankündigten. Vergeblich.

Fast die Hälfte der von Mbour im Senegal gestarteten Männer und Frauen hat die verhängnisvolle Reise nicht überlebt. Manche, die angekommen sind, werden noch Jahre danach von Ängsten heimgesucht, schreien in Albträumen, die sie nicht loslassen. Dabei hatten sie Glück, dass das Flugzeug der spanischen Küstenwache die manövrierunfähige *Piroge* entdeckte und wenig später ein großer Fischkutter eintraf, der die entkräfteten Flüchtlinge an Bord nahm. Babacar hatte die Hoffnung nie aufgegeben.

II

Babacar war anschließend vierzehn Monate auf den Kanarischen Inseln interniert. Dann entließen ihn die Behörden aus dem Lager. Weil er angegeben hatte, eine Familie auf Mallorca zu kennen, bei der er wohnen könne, erhielt er ein Flugticket. Eine Zeit lang konnte er dort unterschlüpfen. Später zog er an den Rand von Palma in ein einfaches Zimmer, das er sich mit zwölf Senegalesen teilte.

Einen Sommer lang hatte er einen Job als Gärtner, konnte schwarz etwas verdienen. Seit drei Jahren schlägt er sich nun mit dem Verkauf von raubkopierten CDs durch. Verstohlen zeigt er, nachdem er sich versichert hat, dass keine Polizei in der Nähe ist, den Touristen das Album aus dünnen Kunststoffhüllen, die insgesamt zehn Tonträger enthalten. Das ist sein Verkaufssortiment. Ein lausiges Geschäft, das es ihm nicht ermöglicht, das Allernötigste zum Leben zu verdienen. Babacar ist verschuldet. Er klammert sich an die vage Aussicht auf eine vorläufige Aufenthaltsgenehmigung, die es ihm erlauben würde, legal zu arbeiten. Er könnte sie über einen afrikanischen Ombudsmann erhalten, wenn er zwölfhundert Euro zahlt, die er nicht hat. Dafür bekäme er einen Anstellungsvertrag mit einem Arbeitgeber. Der stünde allerdings nur auf dem Papier, denn wirklich gearbeitet würde nicht. Ab Vertragsunterzeichnung würden jeden Monat für das darin festgelegte Mindestgehalt die Sozialabgaben fällig. Diese würden an den spanischen Staat abgeführt, um den Schein eines mindestens einjährigen Arbeitsverhältnisses zu wahren. Hätte er ein Jahr so „gearbeitet", könnte er eine permanente Aufenthaltsgenehmigung beantragen und, wenn sie erteilt würde, legal arbeiten. Andere Immigranten haben es auf diese Weise geschafft, und Babacar möchte es auch. Aber er kann das Geld nicht aufbringen. Jetzt und auch später nicht. Es bleibt sein unerfüllter Traum. Er verliert sich in Illusionen, denn auch mit solchen Dokumenten wäre er arbeitslos. Wie mehr als die Hälfte der gut ausgebildeten, jungen Einheimischen, die keine Aussicht auf baldige Arbeit haben und wissen, dass, wenn sie lange ohne Beschäftigung bleiben, sie niemand mehr einstellen wird. Nach Jahren können sie mit den nachdrängenden jungen Leuten nicht mehr konkurrieren. Eine verlorene Generation, verbittert, ohne Hoffnung. Manche wollen Spanien verlassen, er jedoch nicht, denn ginge er nach Afrika zurück, hätte er das Gesicht verloren, Familie und Nachbarn enttäuscht, die gemeinsam das Geld für die Überfahrt aufgebracht und in ihn ihre Hoffnung gesetzt hatten. Nach Spanien könnte er auch nicht mehr einreisen. Dafür hat er nicht sein Leben riskiert.

III

In seinem vierten Jahr in Spanien sieht es so aus, als ob Babacar endlich das Glück etwas zulächelte. Eine bereits ergraute Endvierzigerin hat sich mit ihm eingelassen. Im Senegal hätte er Ana keines Blickes gewürdigt. Aber in Spanien ist für ihn jede Frau anziehend, deren Heirat zur Aufenthalts- und Arbeitserlaubnis führt. Als er nicht nachlässt, sie zum Kauf der CDs zu drängen, hat sie Mitleid mit dem dunklen Mann in seinen abgerissenen Kleidern, den flackernden Augen, seiner Aura verblichener Hoffnungen. Sie erkennt in ihm den starken, breitschultrigen Kerl, der er früher gewesen sein muss. Seine zupackenden Hände mit den hervortretenden Sehnen. Sie erahnt seine muskulösen Arme, mit denen er in seinem früheren Leben als Fischer im afrikanischen Meer das Boot und die Netze gehandhabt hat. Als das

Gespräch andauert, sieht sie die Verzweiflung und eine in seinen Augen vage aufkeimende Zuversicht. Den Mann, der, wäre er in Spanien beheimatet, sich niemals für sie interessiert hätte. Da gibt sie sich keinen Illusionen hin.

Zur Hochzeit erscheint ihre spanische Verwandtschaft nicht. Sie wollen keinen Afrikaner in der Familie. Wahrscheinlich fürchten sie auch die Verpflichtungen, die damit einhergehen. Für Babacar und Ana ist es ein Moment des Glücks, als sie der Standesbeamte zu Mann und Frau erklärt. Dazu sind Babacars Zimmergenossen erschienen, deren Fröhlichkeit jedoch nicht verhindern kann, dass für sie beide der Tag auch mit Trauer überschattet ist. Eine Hochzeit ohne Familie: undenkbar in Spanien, ausgeschlossen im Senegal.

Körperlich zusammen waren sie bisher nicht. Ana ist praktizierende Katholikin, ein Zusammensein vor der Ehe kommt nicht infrage. Die Hochzeitsnacht verläuft nicht so, wie es sich beide erhofft haben. Babacar hatte es befürchtet, aber dass er so schwach sein, kein Verlangen spüren würde, absolut nichts, das hatte er nicht erwartet.

IV

Babacar fühlt sich elend. Verlegen, bloßgestellt. Wieder und wieder versucht er es, aber es klappt nicht. Nichts rührt sich bei ihm. Er ist kein Mann. Wurde aus Mitleid mitgenommen und geheiratet. Zu viel hat er durchgemacht: Er hat keinen Kontakt mehr zu seiner Familie in Gandiole. Keine Arbeit, er verdient kein Geld. Zunehmend leidet er auch unter dem offenen Hass mancher Spanier, vor allem der jungen Leute, die in ihm die Ursache ihrer eigenen Probleme sehen. Mit dem drastisch gesenkten Einkommen in der Wirtschaftskrise können die Einheimischen nicht mehr auskommen. Jetzt sollen sie auch noch zusehen, wie die schwarzen Immigranten ihnen die skandalös unterbezahlte Arbeit abjagen. Wie sie für einen Bruchteil ihrer niedrigen Stundenlöhne Orangen pflücken, Mandelbäume schneiden, Unkraut jäten oder als Barmann Cocktails schütteln. All das drückt Babacar nieder, lässt ihn nachts grübelnd neben Ana liegen. Reglos wie ein toter Baum. Über Wochen! Ana hat Geduld. Sie gibt die Hoffnung nicht auf und flüchtet in ihre Religion: Eines Nachts, mitten in ihren fruchtlosen Bemühungen, schiebt sie ihn plötzlich von sich. Schwerfällig, als ob sie eine anstrengende körperliche Arbeit zu verrichten hätte, klettert sie aus dem Bett. Babacar sieht mit Verwunderung ihre flehentlich ausgestreckten Hände und wie sie sich bekreuzigt. Er erschrickt, als sie mit lauter Stimme „Santa Maria“ ruft und „Steh uns bei!“, dann fleht sie wieder mit leiserer Stimme: „Santa Maria, ich bitte dich!“.

Einige Monate nach dem Hochzeitstag wird Babacar von einem früheren Zimmerkollegen, der mit wertlosem Tand aus dem Senegal und dem Verkauf von Prada-Taschen am Strand sein Geld verdient, gehänselt. Wegen Ana. Für den ehemaligen Wohngenossen ein Ratschlag, ein Scherz, eine harmlose Provokation: „Mit der kannst du keinen Staat machen. Wenn du durch Ana Papiere bekommst, Arbeit findest und mit dem Geld deine Familie in Gandiole besuchst, lässt du deine Frau besser hier. Sie könnten dich heimlich hinter ihrem Rücken auslachen.“ Babacar kann es nicht glauben, fordert ihn auf, es noch mal zu sagen. „Sie würden dich heimlich auslachen.“

Babacars Gesichtszüge verzerren sich. Durch ihn geht ein Ruck. Dies ist kein Spaß mehr. Alles können sie ihm nehmen, aber nicht seine Würde. Auch wenn er einen solchen Gedanken in sich selbst schon einmal verscheucht hat, muss er sich so etwas von anderen nicht anhören. Von niemandem. Nach allem, was er durchgemacht hat, will er nicht auch noch den Spott ertragen. Er fasst seinen überraschten Landsmann an den Schultern und schüttelt ihn. Als sich der Mann wehrt, stößt Babacar ihm das Knie in den Magen und, als er taumelt, versetzt er ihm einen Fußtritt, der ihn zu Boden gehen lässt.

Auf seine Frau hat er nichts kommen lassen, wie ein Mann stand er an ihrer Seite. Mit federnden Schritten durchschreitet er danach die Gassen der Altstadt und schließt, an der Strandpromenade angekommen, sein an einen Baum angekettetes Fahrrad auf. Kurz darauf tritt er voller Energie in die Pedale in Richtung Santa Eugenia. Dort wohnt er jetzt mit Ana.

Eigenartigerweise fallen ihm gerade an diesem Abend, als sie sich zum Schlafen fertig machen, die breiten Hüften seiner Frau ins Auge. Wohlgeformte Oberschenkel ragen aus Anas kurzen Nachtshorts. Als seine Hände über ihre glatte Haut streichen, überkommt ihn ein starkes Verlangen. Zum ersten Mal sind sie danach körperlich zusammen. Mehrfach. Als könnten sie aneinander nicht genug bekommen. Eine unerträgliche Last fällt von ihm ab. Erschöpft, befriedigt und unendlich erleichtert versinkt er in tiefen Schlaf. Er ist ein Mann, er hat es seinem Landsmann gezeigt, sind seine Gedanken, bevor sie die Müdigkeit löscht.

Als ihn seine Frau am nächsten Abend in einem halbtransparenten Nachthemd in der Wohnung erwartet, ist die alte Unsicherheit wieder da. Womöglich wird er erneut versagen? Er geht an ihr vorbei zum Kühlschrank. Mit einer Coca-Cola in der Hand setzt er sich erst an den Küchentisch und verräumt dann wortlos seine Waren. Er ist noch immer ohne feste Anstellung. Die mitleidslosen Blicke der Passanten, die, ohne anzuhalten, an ihm vorübergehen, und die beleidigenden Bemerkungen sind nicht leicht wegzustecken. Die ständige Flucht vor den Polizisten, die ihm, wenn sie ihn beim Ansprechen der Touristen ertappen, erbarmungslos sein klägliches Verkaufssortiment abnehmen, zerrt an seinen Nerven.

Zwei Wochen danach gerät er nachts in eine Gruppe betrunkener Spanier. Zu spät hat er sie bemerkt und versäumt, rechtzeitig auf die andere Straßenseite zu wechseln. Sie machen ihn an, kreisen ihn ein, drohen ihm, stoßen Verwünschungen aus: *„Negro de mierda"*, zischt einer und schlägt unvermittelt nach ihm, ohne zu treffen. „Hau ab, verpiss dich nach Afrika, *puto negro!*", schreit ein anderer. Er ist der Kleinste in der Gruppe. „Siehst du nicht, dass zu störst, *negro cabrón?*" Babacar antwortet nicht und versucht, die Gruppe mit erhobenen Händen auf Abstand zu halten. Aber sie geben nicht nach. Rücken immer näher. In seiner Bedrängnis holt er aus und stößt seinem Gegenüber die Faust ins Gesicht. Dann noch mal und wieder mit aller Kraft, bis Blut aus der Nase schießt und der Mann nach hinten stürzt. Erschrocken weichen die Männer vor ihm zurück. Dass sich der Immigrant nicht beeindrucken lässt und sich so massiv wehrt, damit haben sie nicht gerechnet. Ohne sich um den sich am Boden krümmenden Spanier zu kümmern, wendet sich Babacar ab. Er hat ihnen gezeigt, dass er keine Memme ist. So leicht kann ihn niemand einschüchtern. Ich habe Kraft und setze sie ein, niederschlagen und fertigmachen lasse ich mich nicht.

Zu Hause bemerkt seine Frau das an den Knöcheln seiner rechten Hand aussickernde Blut.

„Bist du mit dem Fahrrad gestürzt?", fragt sie. „Lass mich die Wunde versorgen."

„Es ist nichts", erwidert Babacar. „Nicht nötig. Ich fühle mich wohl, mir geht es sehr gut."

„Okay, dann lass uns zu Bett gehen, es ist schon spät", sagt Ana. „Ich bin müde."

Darauf kann ich heute keine Rücksicht nehmen, denkt er. Heute nicht. Kaum im Bett zerrt er ungeduldig an ihren Shorts, bis er sie endlich über ihre Füße streifen kann. Mit einem Ruck reißt er ihre Schlafanzugjacke auf. Kraftvoll dringt er in Ana ein.

V

Babacar streicht in Palma durch die Nacht. Geht die Strandpromenade auf und ab. Der noch immer vorbeiflutende Verkehr stört ihn nicht. Heute hat er keinen Sinn für die am Strand auflaufende Dünung, das sanfte Klatschen der Wellen, das er liebt und das ihm so vertraut ist. Manchmal treibt er sich auch beim Castell de Bellver herum oder streunt durch die im Halbdunkel liegenden Gassen der Altstadt. Vorbei an den jetzt geschlossenen Läden mit den herabgelassenen Eisengittern, den alten Portalen und kühlen Innenhöfen. Babacar ist dunkel angezogen, mit seiner schwarzen Haut erkennt man ihn bei spärlicher Beleuchtung erst spät. Größere Gruppen von Touristen interessieren ihn nicht, egal, ob die Leute betrunken oder nüchtern sind. Frauen lässt er unbeachtet passieren, macht um sie einen Bogen, er will sie nicht erschrecken. Mit seiner heruntergezogenen Wollmütze, unter der aggressive Augen blitzen. Es ist die Mütze, die er an Bord der Piroge getragen hat, als er noch vor der senegalesischen Küste auf dem offenen Meer als Fischer arbeitete. Ein einzelner Mann, wenn er klein oder schmächtig daherkommt, ist ihm zuwider. Groß und kräftig muss er sein. Eine Rempelei, ein falsches Wort, ein Vorwand genügt, um die Schlägerei auszulösen. Es können auch zwei kommen. Mit ihnen wird er fertig. Er ist ein starker Mann. Auch Ana sagt das.

Vor der Regenzeit

Für Aminta Diallo

Die Regenzeit kündigt sich an. Schwer befrachtete Wolken ziehen vom Meer her und schweben wie dunkle Zeppeline landeinwärts. Windböen fangen sich in den Strandakazien, die sich schütteln und die an den Nadeln kondensierte Feuchtigkeit wie sanften Mairegen abtropfen lassen. Im aufzuckenden Licht der Blitze erscheint der nächtliche Himmel wie ein zerrissenes Spinnennetz aus Lichtfäden, das seinen Widerschein auf die vom Wind zerfurchte Wasserfläche des Senegal wirft. Vögel flattern erschreckt aus dem Gerüst der Zweige, das für kurze Momente den Sandboden mit seinen Schatten bemustert. Der Flügelschlag der erschreckt krächzenden Tiere und das Huschen der tief fliegenden Fledermäuse dringen durch die Nacht. Auf meinem Aussichtsplatz spüre ich die gewittrige Schwüle und dass bald, mit dem Regen, die Geschwader der Insekten heranschwirren werden.

Mit dem zuckenden Lichterschein blitzen Geschehnisse und Gedankensplitter auf, die sich im Dunkel des Vergangenen verloren haben. Nur scheinbar, denn in dieser schwülen Nacht steigen sie aus dem Reservoir der Erinnerungen auf wie Regen aus dem Meerwasser.

Ich sehe die schwarze Kobra, deren langer Körper sich quer über die Sandpiste schlängelt, unfassbar schnell. Ich reiße das Lenkrad des Landrovers herum, um sie nicht zu überrollen. Hoch aufgerichtet hätte sie sich durch das geöffnete Seitenfenster winden können. „Ihr Biss ist tödlich“, sagt mein Beifahrer, und dass letztes Jahr in der Regenzeit rote und grüne Schlangen im Geäst der Bäume des Nachbargrundstücks durch die Lüfte schnellten. „Sie können fliegen“, sagt er, und im Süden des Senegal gäbe es Schlangen, in deren Macht es steht, dass Vögel tot vom Himmel stürzen. Es finden sich Federn und Schlangenspuren am gleichen Ort in der Savanne. Die Schlangen sondern Speichel ab, der in der Sonne blitzt und die dürstenden Vögel anlockt. Sie fliegen nieder, um zu trinken. Das ist der Moment, auf den die Schlange lauert. „Alle Tiere sind Muslime“, fügt der Beifahrer an, „nur die schwarzen Schlangen nicht, die sind schlecht.“

Vor meinen Augen taucht der bärtige, ehrwürdige *Marabout* im weißen Kaftan auf, hinter dicken Brillengläsern liegen mild blickende Augen. Ich hatte Irène zu ihm geführt, die in einen jungen schlaksigen Senegalesen verliebt war. Als Ibrahima die Mittfünfzigerin mit dem grauen Bürstenhaarschnitt verlassen hatte, kam sie darüber nicht hinweg. Schlief nicht mehr und wurde auch tagsüber von den anhaltenden Gefühlen ihrer nicht erwiderten Liebe und Rückblenden auf gemeinsame glückliche Momente gequält. Sie magerte stark ab. Gespräche mit Therapeuten, verordnete Antidepressiva, eine Kreuzfahrt, all das hatte ihr Leiden eher verschlimmert.

Der Marabout weiß Rat: „Kaufen sie neun Eier und setzen sie sich in eine Badewanne“, sagt er zu der Französin, und zu mir: „Zerschlagen Sie die Eier auf dem Kopf von Madame. Danach ist sie befreit.“ Als das erste Ei an ihrem Kopf zerbirst, verschmieren sich der Eidotter und das Eiweiß über den Haaren und der Stirn. Das nächste Ei verklebt die Kopfhaut und zieht sich über ihr linke Ohr. Die schleimig gelbe Schmiere tropft über die Augenbrauen und läuft seitlich in die Augenwinkel. Die eiterfarbene Masse des nächsten Eis schiebt sich über die Augen, verklebt die Nasenlöcher und erreicht die Oberlippe. Es kommen allerdings noch mehr, von neun Eiern hatte der Marabout gesprochen. Irène atmet schwer, bekommt zunehmend weniger Luft, rasselnd zieht sie die Luft über die verschleimten Nasenhäute. Mit geschlossenen Lidern lässt sie die Prozedur mit Gleichmut über sich ergehen. Als ich sie Monate später wieder treffe, gibt sie an, seither nicht mehr an Ibrahima gedacht zu haben.

Ich sehe fünf junge Burschen in meinen Garten eintreten – verunsichert schieben sie sich an den bellenden Hunden vorbei – und Sira, das Mädchen mit den zu einem Pferdeschwanz gebundenen Zöpfchen und einem feinen Lächeln. Sie erläutert das Programm des Schulfestes, zu dem sie mich einladen. Sira stammt aus Gandiole, geht aber im Nachbarort Mouit zur Schule. Auf meine Frage, weshalb sie den viel längeren Schulweg in Kauf nimmt, bricht sie in Tränen aus, verbirgt den Kopf minutenlang in ihren Händen. Ich rücke neben sie auf die Sitzbank und lege wortlos meine Hand auf ihren Rücken.

„Ich ging in Gandiole ins *collège*“, sagt sie, als sie endlich den Kopf wieder aufrichtet, „aber dann konnte ich mich nicht mehr konzentrieren, es sind mir viele schlimme Dinge zugestoßen. Ich konnte nicht mehr in der Schule bleiben.“

„Warum?“

„Meine Eltern haben mich im letzten Jahr mit meinem Onkel verheiratet. Gegen meinen Willen. Ich liebe ihn nicht!“

„Wie alt bist du?“, frage ich.

„Neunzehn. Jetzt wohne ich wieder bei meinen Eltern. Sie wollen von einer Scheidung nichts wissen. Mein Mann ist der Bruder meiner Mutter.“

Die Blitze erinnern mich an in der Ferne aufzuckendes Artilleriefeuer und an das Donnern von Geschützen. Ich denke an die Senegalesen, die durch ihre Kolonialherren in den großen Krieg gezwungen wurden. Was ist von ihrem Heldentum geblieben? Wie ein chinesischer Weiser es formulierte: ein verfallener Hügel, bewachsen mit Unkraut. Sidis Vater jedoch kehrte zurück. Gesund! Der Marabout hatte ihm ein *gri-gri* mitgegeben, das ihn beschützt hatte.

„Das glaube ich nicht", sage ich.

„Doch", erwidert Sidi. „Er hatte es ausprobiert: Das gri-gri hat er um einen Baum geschlungen und mit seiner Pistole auf den Stamm gezielt. Die Pistole ging nicht los. Als er sie auf einen anderen Baum richtete, versagte sie nicht, die Kugel blieb im Stamm stecken."

Ich erinnere den 16. April, als mir Rosalie nach dem Abendessen erklärte, mich zu verlassen, um wieder in ihrer Heimat zu leben. Nach Gandiole werde sie, von Zeit zu Zeit, zurückkehren, sich an Projekten beteiligen. *„Best friends"* werden wir bleiben, uns im Falle der Not beistehen. *„Contact me, I am just a phone call away."* Worte, die ich höre, als ich meinen Kopf sprachlos an ihre Schulter lehne, denn ich kenne sie, die Absichtserklärungen, die in der Dynamik des Lebens sich auflösen wie Spuren im Sand, die der Wind verweht.

Aus dem Dunkel tauchen die unscharfen Konturen eines Kopfes auf, ein Blitz erhellt schmerzverzerrte Gesichtszüge, die sich alsbald in einem Lächeln weiß glänzender Zahnreihen entspannen. Seit Monaten litt Akiko, die junge Volksschullehrerin, an Migräne. Ausgestreckt lag sie hinter zugezogenen Vorhängen auf einer Matratze in künstlicher Nacht, wie in einem Schweigekloster, nicht ansprechbar. Meine Aspirintabletten hatten wenig gebracht, sieht man von dem Magengeschwür ab, das die ständige Einnahme verursachte. Zuletzt suchte sie den Ratschlag eines durchreisenden Marabouts, einer alten Frau aus Elinkine. Ich folge ihnen auf den Markt, in dem Gedränge erstehen die beiden Frauen einen Hahn, ein getupftes Perlhuhn sowie einen kostbar glänzenden

Baumwollstoff. Ich sehe, wie sie die Tiere schlachten, das Fleisch ablösen, kochen und in dem Topf zur Seite schieben. Wie sie die Köpfe, die Krallen und die blutenden Innereien in das Tuch einschlagen und fest verschnüren. Wie die Marabout-Frau Akiko mit verbundenen Augen vor dem Paket im Kreis herumwirbelt, bis sie schwindlig zu Boden stürzt. Und wie bei Einbruch der Nacht die eingeschlagenen Innereien, Krallen und Köpfe heimlich in das Grab eines an diesem Tag Beerdigten geschmuggelt werden. Eilig schleichen die „Vergraber" davon, um ihre Entlohnung entgegenzunehmen. Akiko lächelt. Sie ist seitdem von ihren Kopfschmerzen befreit. Nachhaltig.

Ich blicke in die weit aufgerissenen Augen des Gärtners, in sein wiederkehrendes Entsetzen, als wäre es gestern gewesen. Dabei liegt das, was er berichtet, lange zurück: „Es war ein Montag, der 17. Oktober 1992, als uns die Diola um neun Uhr abends überfielen. Damals arbeitete ich als Fischer." Wegen des stürmischen Meeres und weil sie oft die Fahrrinne in der Flussmündung nicht sicher ausmachen konnten, waren Gandioles Fischer nach Cap Skirring im Süden Senegals gezogen. Dort hatten sie Strohhütten gebaut, mehr als einhundert, ein „zweites Gandiole" errichtet. Auf einer Anhöhe, nahe am Meer, wo sich ihre *Pirogen* aufreihten. Auf der anderen Seite erstreckten sich die Reisfelder der Diola. „Die Diola mochten uns *Wolof* nicht. Wir verstanden mehr vom Fischfang, zogen Haie aus dem Wasser, deren Flossen die Chinesen kauften. Verdienten mehr Geld und nahmen ihre Mädchen. Immer wieder hatte es Drohungen gegeben, die wir Gandiolais jedoch nicht ernst genommen hatten. Noch zwei Stunden vor dem Überfall hatten sich zwei Diolamänner in meine Hütte gedrängt und sich selbst zum Abendessen eingeladen. Sie sprachen kein Wort. Alles war lange geplant gewesen, sie hatten unser Dorf ausgespäht. Als die Rebellen kamen, war es dunkel, die Stromleitungen waren gekappt, der einzige Zufahrtsweg blockiert."

Ich sehe die Diola in das Dorf einbrechen, sie knallen mit ihren Gewehren in die Luft und dringen in die Behausungen ein. Sie erschießen zuerst die Männer, die Diolamädchen geheiratet haben. Ich sehe, wie sich die Fischer in den Hütten verbarrikadieren, wie Sidi das Licht löscht, den Zeigefinger vor die Lippen hält und wie alle um ihn herum Gebete flüstern. Andere fliehen zum Meer, versuchen ihre Pirogen zu erreichen. Frauen mit Babys auf dem Rücken hasten ins Wasser und ertrinken, von der Strömung werden sie fortgerissen. Fischer klettern in die dichten Kronen der Mangobäume. Andere werden von ihren Frauen unter den Netzen verborgen. Sidis Bruder zwängt sich in den Hohlraum zwischen den Bodenbrettern und dem Pirogenboden. Ich sehe, wie die Diola einen der kräftigsten Gandiolais, der Widerstand leistet, mit dem Messer zu erstechen suchen. Wie sie immer wieder das Messer in die Höhe ziehen, das von ihm abprallt.

„Er hatte ein machtvolles gri-gri, das in schützte", sagt Sidi. Sie fesseln den Mann an Armen und Beinen, stoßen ihn in eine Strohhütte, die sie anzünden. Wenig später schlagen die Flammen hoch in den Himmel. Als die anderen Hütten Feuer fangen, es überall lichterloh brennt, ist der Spuk vorüber. Im Licht des neuen Tages sehe ich nur noch verkohlte Trümmer, dazwischen liegen die Erschossenen. Alles Männer, nur Wolof. Dreiunddreißig Tote insgesamt. Ich sehe die Überlebenden Gräber ausheben, wie sie die Toten in weiße Baumwolltücher hüllen und begraben. Dann packen die Gandiolais das, was übrig geblieben ist, in ihre Pirogen und verlassen die Stätte ihres Unglücks in Richtung Norden.

Jetzt weiß ich es wieder: Es war der erste Überfall, der Beginn der Rebellion der Diola. Sie dauert bis heute an, jetzt geht es um mehr, um die Abtrennung der *Casamance* vom Senegal. Sidi sagt: „Die Rebellen kämpfen mit moderneren Waffen als unsere Armee, aus Drogengeldern finanziert. Wenn unser Militär anrückt, sind die Banden längst über die Grenzen nach Gambia oder Guinea-Bissau geflüchtet."

Ich erinnere mich an die Air-France-Maschine auf dem Weg von Paris nach Dakar. Als sie ihre Flughöhe erreicht, schieben drei Stewards einen Rollstuhl durch den Gang und hieven einen riesenhaften Mann auf den Sitz unmittelbar vor meinem. Unfähig, sich aus eigener Kraft zu halten, gleitet er kurze Zeit später wie auf einer Rutschbahn zu Boden. Mit zwei jungen Männern bemühe ich mich, ihn in den Sitz zurück zu bugsieren. Wir bieten alle unsere Kräfte auf und trotzdem gelingt es kaum, denn er hat ein Gewicht wie eine Lastwagenladung Steine und keine Kontrolle über seine Glieder. Schlaff wie Schiffstaue hängen seine dicken Arme herunter. Seine Oberschenkel lassen sich schlecht fassen, sie fühlen sich an wie morsche Baumstämme. Er reißt die Augen weit auf, sodass das Weiß in den Augenhöhlen hervortritt, und seine Gesichtszüge verziehen sich in stummem Schmerz. Es ist, als greifen wir in eine elastische Masse, als wir seinen massigen Rumpf in die Tiefe des Sitzes rücken. Sehr eigenartig mutet es mich an, dass außer „Jetzt anheben, eins, zwei, drei!" kein Wort gesprochen wird, lediglich der gequälte Blick des Mannes folgt uns. Unsere Erleichterung ist aber nur von kurzer Dauer, denn alsbald rutscht er erneut zu Boden. Diesmal so weit, dass er sich in dem engen Fußraum zwischen der Sitzreihe und der Wand vor ihm verkeilt. Hilflos und vielleicht aus Angst vor unserem Griff, der ihn durch das mürbe Fleisch bis in die Knochen packt, möchte er dort liegen bleiben, jedoch nur kurz. Danach ist unsere Arbeit weiter erschwert, weil er erst aus dem schmalen Spalt gehoben werden muss, der kaum Raum zum Stehen oder Bücken lässt. Andere Passagiere umringen uns, schauen zu, erteilen Ratschläge. Jeder kennt den Mann: „Ja, kennen Sie ihn denn nicht? Es ist doch Mumbaye Boye, unser ehemaliger Champion im Judo. Jetzt organisiert er Judoturniere. Alle kennen ihn, er ist oft im Fernsehen."

Bis wir fünf Stunden später auf dem Flughafen Léopold Sédar Senghor landen, hat sich die anstrengende Prozedur fast ein Dutzend Male wiederholt. Dort wird der ehemalige Champion vom

Flughafenpersonal mit dem Rollstuhl abgeholt. Als ich vier Wochen später von Gandiole zum Flughafen in Dakar mit dem Taxi unterwegs bin, wird bei Thiès das Musikprogramm im Radio unterbrochen. Eine sonore Stimme ist zu hören, sie spricht Wolof, ich kann sie nicht verstehen. „Mumbaye Boye ist gestorben, haben sie gemeldet", sagt der Chauffeur.

Ich war mit ihm gekommen und kehre zeitgleich mit ihm zurück. Er für immer.

Als ich den Kopf wende wie eine Eule in der Nacht, sehe ich den Widerschein der Blitze auf dem Skelett. In meinem Garten ruht das Knochengerüst des Wals, der auf dem Strand der Langue de Barbarie gestrandet war. Sein Maul, die Augenhöhlen, der Schädel allein so schwer, dass auf der Piroge, die ihn über den Fluss brachte, das Wasser über die Bordkante schwappte. Daran anschließend siebenundzwanzig Rückenwirbel und zwei riesenhafte Vorderflossen, sanft geschwungen wie die Augenbrauen der jungen Senegalesinnen. Als ich das tote Tier entdeckte, hatte es schon ein, zwei Tage auf dem Sand gelegen und die Krabben hatten bereits tiefe Löcher in seinen aufgedunsenen Körper, der mich an ein U-Boot erinnerte, gebissen. Zwei Wochen später ragen nur mehr die Knochen auf, von schwarzem Fett überzogen. Daneben Hunderte toter Krabben. Auf eine solch fette Mahlzeit war ihr Metabolismus nicht vorbereitet gewesen.

Ich erinnere Ramas Gesicht, als sie mir ein Geheimnis mitteilt. „Du weißt vermutlich nicht, dass dein *gardien*, ich meine Malick, ursprünglich meine Schwester Oumi heiraten wollte. Als er um Zustimmung bat, zog mein Vater einen Marabout zu Rate. Dieser sagte, dass Malick in der Mitte seines Lebens ein großes Problem bekommen werde. Deshalb hat mein Vater die Heirat abgelehnt." Nach einer Weile fragt Rama: „Wie alt war Malick, als er starb?"

„Noch nicht vierzig", sage ich.

Ich sehe den schneeweißen Vogel, der in meinem Garten in das grüne Blätterwerk eines Mangobaums fliegt. Auf langen Stelzen lässt er sich auf einem Ast nieder und verharrt dort für einen Augenblick. Mir ist, als streifte man mir einen weißen Mantel der Unschuld über. Der magische Moment lässt mich nachdenklich werden und in stille Freude versinken. Ein Gefühl, das anhält, obwohl der Reiher kurz darauf aus meinem Leben flattert.

Ich erinnere das Gespräch mit dem Direktor des collège, der die Gandiolais als *„survivants"* bezeichnet, die zu überleben wissen. Beim Untergang der *Joola*, die auf dem Weg nach Dakar vor der gambischen Küste kenterte – dem größten maritimen Unglück aller Zeiten –, stammte ein erheblicher Teil der nur sechzig Überlebenden aus unserer Region, während über zweitausend Menschen ertranken. Er erwähnt allein sechs Personen aus Gandiole, die sich retten konnten: „Médoune Daour Gaye, Maguette Guèye, ... Die Gandiolais kennen das Meer, wir können schwimmen und wissen, was zu tun ist, wenn es schwierig wird."

Jetzt sehe ich sie, die Passagiere in Ziguinchor, die in endloser Zahl an Bord der Joola gehen, sich am Kontrollpersonal vorbeidrücken, und die ungleichmäßig verteilte Fracht. Wie die Fähre aus dem Hafen schon mit Schlagseite ausläuft. Wie sie vor Mitternacht gegen Sturm, Starkregen und hohen Wellengang ankämpft, wie die Menschen von Steuerbord nach Backbord hasten, wie sich die Münder zu gellenden Angstschreien verzerren, wie das Schiff sich immer mehr neigt und dann schlagartig kentert. Ich spüre die Verzweiflung der im Schiffsbauch Eingeschlossenen, wie sie gegen die Türen hämmern, die sich gegen den Wasserdruck nicht öffnen lassen. Ich leide mit jenen, die in wachsender Qual im Hafen von Dakar auf ihre Angehörigen warten, ungeduldig, dann ungläubig, bestürzt und schließlich tief traurig, nicht zu trösten. Ich sehe die Überlebenden erschöpft auf der blutroten Kieloberseite der Joola hocken und angstvoll durch das Grauen des Morgens starren.

Im unsteten Wetterleuchten nehme ich wahr, wie die Warane aus ihren Löchern am Fluss kriechen und in unser Grundstück eindringen. Ihre glatten Leiber mit den Rückenzacken glänzen wie tödliche Torpedos. Angelockt von der Aussicht auf ein gutes Mahl, dem Geruch der vier Welpen, die wir mit ihrer zum Skelett abgemagerten Mutter unter einer Hecke in der Savanne entdeckt und aufgenommen haben. Die Hündin war mir bekannt vorgekommen, sie hatte zu dem *campement* auf der Langue de Barbarie gehört und sich mir auf meinen Meeresspaziergängen gelegentlich angeschlossen. Als sie schwanger wurde, schafften herzlose Menschen sie über den Fluss und setzten sie am anderen Ufer inmitten des dornigen Grases, der Kakteen und Affenbrotbäume der Savanne aus. Dort hat sie ihre Welpen geboren, zwei Löcher gegraben, sie darin verborgen und gesäugt.

Beim Anblick der sich an die Welpen heranpirschenden Warane ist Wolf, unser treuer Hund, noch mal zum Leben erwacht, das zu Ende gehen sollte. Mehrfach schon war er im Lauf einfach umgekippt, hatte das Bewusstsein verloren. Zuvor in seinem langen Hundeleben war er keiner Auseinandersetzung ausgewichen, hatte viele unserer Besucher plötzlich angefallen, wenn ihn das Gefühl überkommen hatte, sie könnten nicht willkommen sein. Aber nun ist er alt: die Ohren zu Stummeln heruntergebissen, sein Fell an vielen Stellen vernarbt, die Zähne stumpf. Doch sein Beschützerinstinkt lässt ihn alle Schwäche vergessen. Laut bellend und ohne Furcht rennt er zwischen die Warane, die einen Moment lang erstaunt verharren, dann ihr breites Maul mit den spitzen Zähnen wegdrehen und ihren Hinterleib Wolf annähern. In der Absicht, wie ich später erfahre, ihm mit einem Peitschenschlag ihres muskulösen Schwanzes die Knochen zu brechen.

Im böigen Wind, der sich in den Strandakazien fängt, erinnere ich mich an die Eloge, die „Jeune Afrique“ einem nigerianischen Schriftsteller widmete. Er sei *„un tigre qui ne proclamait pas sa* *tigritude*“ gewesen, schreiben die Journalisten. Die Formulierung lässt mich aufblicken, denn augenblicklich weiß ich, dass ich schon immer ein Tiger sein wollte, ohne dies jedoch herauszustellen. Einer, der seinen Weg unbeirrt verfolgt und über die Kraft dafür verfügt. Allein überleben kann, die Kraft, zu konfrontieren, aufbringt und Dritten Güte und Wohltaten erweist, die er verschweigt. Die innere Gelassenheit zur Flucht und Sucht nach dem Leben im schwarzen Afrika besitzt, weit weg von dem, was die Weißen als richtig betrachten, abgeschnitten von Fernsehprogrammen, weichen Sesseln und arbeitsorientierten Robotern. Sich freut an der Anmut der schwarzen Frauen, langbeinig, schmalhüftig wie Gazellen, die der Tiger passieren lässt, wenn sein Hunger gestillt ist. Und akzeptiert, wenn seine Zeit, sie ganz zu erfahren, verstrichen ist, und ihr Lachen, das schlagartig ihr Gesicht erhellt, und ihren Liebreiz, auch wenn es nur für eine Stunde wäre, nicht erkauft. Tägliche Gelegenheit für Tigertum in vielen Fassungen, von denen der wirkliche Tiger nicht wissen kann!

Ich erinnere allerdings auch den Moment, als mich während der Dak’Art Biennale meine *tigritude* verlässt. Es ist kurz vor Mit ternacht, als ich Bernadette anspreche. Nach dem Théodore Monod Museum, dem Village de la Biennale, den Vernissagen in den Ateliers und Galerien kann ich die ins Leben erwachte Frauenskulptur, die langbeinig und hochhackig – anscheinend ohne mich zu beachten – an mir vorbeistöckelt, nicht auslassen. Bedrängt von der Spannung der Nacht und der Spannung zwischen uns höre ich mich selbst mit tiefer Stimme Belangloses sagen. Bernadette neigt sich mir zu, die Zähne schimmern weiß zwischen den geöffneten Lippen. Als sich ihr dunkelhäutiger Leib auf dem hellen Laken abzeichnet und sie mir die Arme entgegenstreckt, geht die Sonne auf – und strahlt durch die ganze Nacht.

Ich sehe das von Sorgenfalten zerfurchte Gesicht einer alten Afrikanerin, eingerahmt von einem gelben Schal über dem Haar.

Ihr Sohn war einer unter den knapp zweihundert Bootsinsassen in der dritten Piroge, die von Gandiole mit Kurs auf die Kanarischen Inseln ablegte und die nie ankam, das gekenterte, leere Boot trieb die Strömung später an. Es liegt mehrere Jahre zurück. Sie weigert sich anzunehmen, dass ihr Sohn ertrunken sein könnte. „Sie halten ihn fest", flüstert sie mir zu. „Irgendwo. Wahrscheinlich in einem unterseeischen Bergwerk. Dort muss er arbeiten. Eines Tages wird ihm die Flucht gelingen. Dann kommt er heim, und wir trinken Tee."

Im aufzuckenden Licht sehe ich meinen Bruder, den Kormoranbaum. Über dem Fluss am anderen Ufer, dort, wo das Meer eine Bresche in die Langue de Barbarie gerissen hat, erhebt sich die Krone der hochgewachsenen Akazie. Dünung und Brandung haben den Sanduntergrund abgetragen, weggespült und fortgerissen und mit ihm das Buschwerk, die Hecken und die niederen Bäume. Allein die Akazie steht weiter dort, aufrecht bei Ebbe im Niedrigwasser, aufrecht bei hoher Tide, wenn das Wasser bis unter ihre Zweige flutet. Am späten Nachmittag, wenn der Feuerball sich auf seinem Weg Richtung Horizont bewegt, lebt sie auf: Kormorane mit gelbem Schnabel, gischtweißer Brust und schwarzem Gefieder fliegen an, schnell und gestreckt wie Pfeile, richten die Beine nach unten, spreizen die Zehen und landen sanft auf ihren Ästen und Zweigen. Bis sie alle besetzt sind. Ich sehe eine Hundertschaft, die sich in stummer Gemeinschaft versammelt, unmittelbar über dem Wasser und doch mit trockenen Federn inmitten der dröhnenden Wellen, die der Stamm teilt. Sie sind über ihrem Element, zufrieden, außer gelegentlichem Flügelschlag still, sie ruhen sich dort aus. Mit Respekt für das majestätische Lebewesen, das nicht weicht, dem Meer trotzt. Weil sie ihn ehren wollen, den aufrechten Baum, solange es ihn gibt, mitten im Meer, denn sie spüren, dass auch er irgendwann fallen muss wie sie und wir alle.

Mit dem Donner eines in unmittelbarer Nähe herabfahrenden Blitzes hallen in meinen Ohren die Sirenen der Ambulanzfahrzeuge nach, die den ganzen Nachmittag, bis die Dunkelheit hereinbrach, durch Gandiole gellten. Was ich damals nicht wusste, aber jetzt weiß: Die Fischer, die in ihren Pirogen auf das Meer hinausgefahren waren und den Kurs durch die Bresche nehmen mussten, hatten im Nebel jegliche Orientierung verloren.

Wir sitzen unter den Bäumen im Garten, mit uns der deutsche Botschafter aus Dakar und ein vom deutschen akademischen Auslandsdienst entsandter Forstwirt. Wir trinken Tee. Meine Schwester schneidet breite Stücke aus einem Guglhupf. Bei schönem, klarem Wetter sehe ich, wie sich eine undurchdringliche Nebelwand auf das Meer absenkt. Mehr als zwanzig Boote sind auf See. Sie müssen zurück, denn ihre Treibstoffvorräte reichen nicht für eine längere Ausfahrt. Eine Piroge nach der anderen steuert blind durch die Nebelschwaden, läuft auf den Sandbänken auf, verhakt sich an neben der Fahrrinne versenkten Baumstrünken, schlägt in den Brechern um, die Bootsinsassen werden von der Strömung weit ins Meer hinausgetrieben. Radio *Saint-Louis* zieht am 25. März 2013 die Bilanz: Neunzehn Fischer sind ertrunken. Elf weitere werden vermisst.

Das gewittrige, zumeist stille Wetterleuchten hält an. Erschöpft gehe ich zu Bett, die Schwüle hat ein wenig nachgelassen. Vielleicht komme ich unter dem Moskitonetz bald zur Ruhe.

Nachwort

„Als ich Paris verließ, ist mein Wunsch, mit dem seichten Leben dort zu brechen, der stärkste Anreiz für diese Reise nach Afrika gewesen ...“
Michel Leiris „Phantom Afrika“, 1932

Als Michel Leiris – der Anfang der dreißiger Jahre des vergangenen Jahrhunderts Afrika von Dakar nach Dschibuti durchquerte – sein Tagebuch veröffentlichte, wurde „L'Afrique fantôme“ als skandalös empfunden. Dass Ethnologen in kolonialistischem Gehabe noch immer ihre obsessiven Raubzüge in Afrika durchführten, um die europäischen Museen zu füllen, hatte man nicht lesen wollen.

Seitdem sind mehr als achtzig Jahre vergangen, und die dunklen Nachrichten beherrschen noch immer unser Bild vom schwarzen Kontinent. Schwarz, nicht nur wegen der Hautfarbe seiner Bewohner, sondern schwarz, weil wenig Licht nach außen dringt und schwarz die Farbe der Trauer ist: darüber, dass der Kontinent, wie es scheint, nicht vorankommt. Wer nach Afrika reist, verbringt zumeist seinen Urlaub im *Robinson Club* oder in *Safari-Lodges*, kehrt erholt und braun gebrannt zurück, erinnert sich an die zur Schau gestellte Folklore. Oder hat über Fischereirechte oder die Förderung von Öl verhandelt. Das wirkliche Afrika lebt woanders: in seinen fremdartig glänzenden Landschaften, den nur noch dort lebenden Tieren, besonders jedoch in der Vielfalt seiner Menschen, die sich über den Kontinent hinweg stärker unterscheiden als die Bewohner der Lofoten von Sizilianern aus Caltanisetta.

Immer wenn ich, ausgelaugt von zahllosen Reisen überall dorthin, wo technische Innovation entsteht, zu den gläsernen Zentralen der forschenden Pharmaindustrie, den sich über weite Flächen erstreckenden petrochemischen Komplexen, fast menschenleeren Hallen, angefüllt mit surrenden Web- und Strickautomaten oder im Hochgeschwindigkeitstakt arbeitenden Papiermaschinen, von den Gesprächen mit müden, gehetzten Menschen und den Konfrontationen vor oftmals streng urteilenden Gerichten, in Gandiole am Senegal eintraf, konnte ich dort Ruhe, Fröhlichkeit und karge Schönheit erfahren.

Auf dem Sandstrand der Langue de Barbarie zwischen Atlantik und Fluss, menschenleer so weit das Auge reicht, bei dröhnender Brandung und oftmals starker Brise, die die Wolken zu immer neuen Gebilden türmt, und in dem alles überstrahlenden afrikanischen Licht fand ich im Gespräch mit dem Fischer, dem Bauern und dem Hirten vom „seichten" zum einfachen Leben, zu innerem Gleichgewicht zurück.

Meine Erzählungen sollen das Leben der Menschen in diesem Teil Westafrikas aufhellen. Gleich ob sie dort einheimisch sind oder sich, aus Europa stammend, dazugesellen. Sie beruhen auf einem Kern, der wahr ist oder sein könnte – wer mag das unterscheiden –, wenngleich mancher Name verändert und Beiwerk zugefügt wurde. Nahe dem „afrikanischen Venedig", dem atlantischen *Saint-Louis* – von der UNESCO zum Weltkulturerbe erklärt –, das der Senegal in mehreren Armen durchströmt, bin ich angekommen in „meinem" Dorf Gandiole.

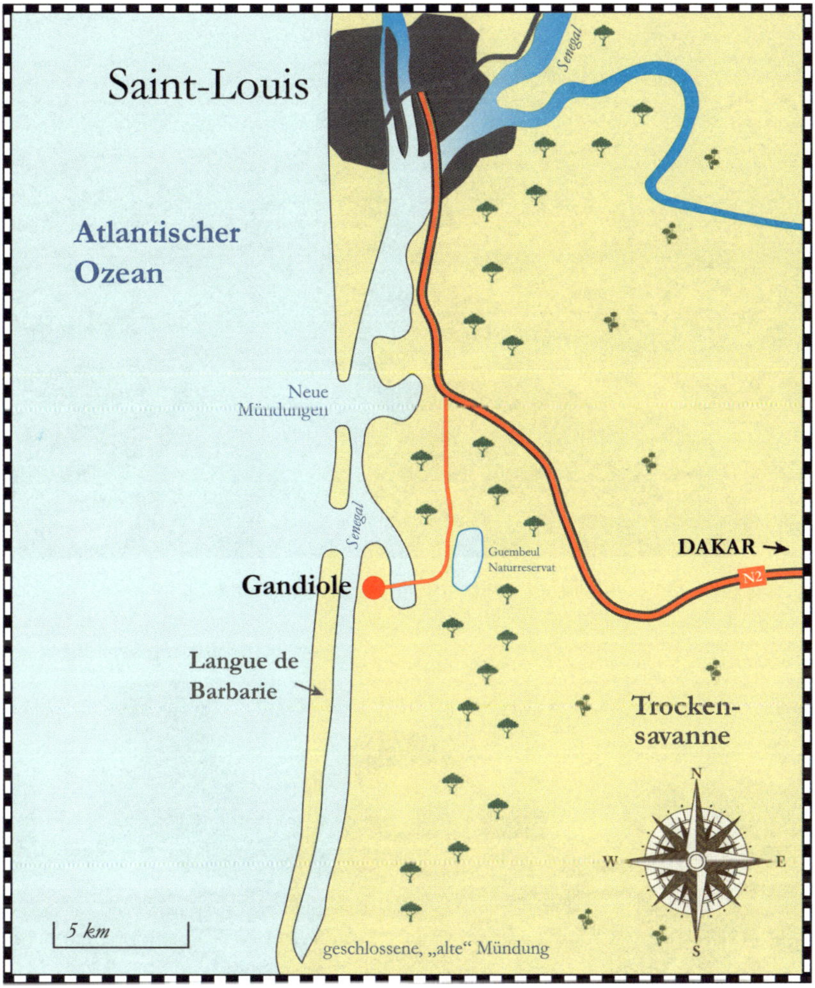

Gandiole liegt am Atlantik hinter der Langue de Barbarie

Luftbild von Gandiole, im Hintergrund die Senegalmündung

Der tägliche Markt

Große Pirogen im nahen Saint-Louis

Fischer bei der Ausfahrt

Auf der Suche nach verwertbarem Strandgut

Frauen bei der Salzgewinnung

Pirogenbau

Pirogen vor der Langue

Die Wucht des Meeres

Krabben sind keine leichte Beute

Beratung über ein Schulprojekt von Aide Gandiole

Hochzeitsfest

In der Mittelschule im Ortsteil Tassinère

Alle wollen dabei sein

Zweimal versuchte er vergeblich die Überfahrt nach Spanien

Gymnasiastinnen beim Zahnhygiene-Projekt von Aide Gandiole

Zöpfe werden geflochten

Der Mann an der Kurve mit seinen Habseligkeiten

Der Fischer erzählt, warum die Mauren auf See stets überleben

Gestrandete Piroge, die Besatzung ist verschollen

Blick auf Gandiole und die Moschee

Der Baobab, Symbol des Senegal

AIDE GANDIOLE | HILFE für GANDIOLE | Senegal e. V.

AIDE GANDIOLE ist ein gemeinnütziger Verein, der im Senegal in der Region Gandiole die Lebensverhältnisse der Menschen nachhaltig verbessern will. Gandiole ist ein Dorf mit den Gemeinden Tassinère, Pilote und Njeben und umfasst als Region über 30 Dörfer mit etwa 20.000 Einwohnern. Durch die besondere Lage an der Mündung des Senegalflusses in den Atlantik sind das Grundwasser und die Böden salzig, was Ackerbau fast unmöglich macht. Die Menschen hier leben deshalb von der Hand in den Mund.

Wenn Sie mehr über Gandiole erfahren oder Mitglied werden wollen, besuchen Sie uns im Internet: www.aidegandiole.net

Wir helfen Menschen in Not, egal ob sie durch Naturereignisse oder durch von Menschen geschaffene Ursachen in Bedrängnis geraten, ohne Diskriminierung und ungeachtet ihrer ethnischen Herkunft und der religiösen oder politischen Überzeugung.

Insbesondere setzen wir uns ein für:

- Unterstützung der Krankenstation („Dispensaire“) durch regelmäßige finanzielle Beihilfe, Lieferung von Arzneimitteln und medizinischem Gerät,
- Einrichtung und Finanzierung von Programmen zur Zahnhygiene an den Schulen,
- Unterstützung der Volks- und Mittelschulen durch finanzielle Mittel zur Erstellung und Ausstattung von Klassenzimmern (Bänke und Tische für Schüler/-innen) und zur Anschaffung von Lehrmaterial,
- Ausbau der Entwicklungszusammenarbeit durch Finanzierung von Booten und Motoren für Fischer, Instandsetzung und Erweiterung von Wohnunterkünften,
- Förderung des Sports durch Errichtung und Unterhalt von Sportplätzen, Bereitstellung von Bällen, Anstellung eines Sportlehrers.

„Un peuple, un but, une foi“, diesen Slogan nimmt der senegalesische Staat für sich in Anspruch. Wir auch: eine Organisation, ein gemeinsames Ziel und die feste Überzeugung, helfen zu müssen. Weil es in der Region Gandiole an vielem, vor allem aber an Schulen, handwerklicher Ausbildung, Arbeitsplätzen und medizinischer Versorgung fehlt, setzen wir hier an. Ohne vergütete Mitarbeiterinnen und Mitarbeiter, ohne Werbeagenturen oder Spesen kommt jede Spende zu 100 Prozent unseren Projekten vor Ort zugute. AIDE GANDIOLE gibt Hoffnung auf Zukunft.

Bitte helfen Sie mit!

Spendenkonto
Stadtsparkasse München
Konto 1001 9920 96
BLZ 701 500 00
IBAN DE61 7015 0000 1001 9920 96
BIC SSKMDEMM

AIDE GANDIOLE

Danksagung

Heidi Simons und meiner Tochter Kristin, die den magischen Ort Gandiole mir nahe brachten, fühle ich mich ebenso dankbar verbunden wie dessen Bewohnern, die mich trotz anderer Hautfarbe als Gandiolais akzeptieren und mit mir teilten, was ihnen widerfahren ist. Dies wurde neben eigenen Erfahrungen „in literarischer Verzerrung" Grundlage der vorliegenden Erzählungen.

Meine Texte und deren Überarbeitungen hat Inge Hoisl sehr geduldig und sorgfältig zu Papier gebracht.

Saskia Nickles hat die Manuskripte mit mir diskutiert und redigiert. Ihrem kritischen und kompetenten Lektorat verdanke ich viel. Vielleicht veranlassen sie die Episoden, diesen eines Tages „am Tatort" mit ihrer Familie nachzuspüren.

Gleiches erhoffe ich vom Verlagsteam, das den Namen A1 zu Recht führt. In dessen kreativer Oase in München-Nymphenburg, in der Atmosphäre liebenswürdiger Professionalität, unverdorben von der geschäftig-hektischen Betriebsamkeit der Stadt, habe ich mich – nicht nur „buchmäßig" – augenblicklich wohlgefühlt. Albert Völkmann, Inge Holzheimer und Herbert Woyke schulde ich Dank, ohne sie wäre das Buch nicht das geworden, was es ist.

Christine Louise Peccia, die mich über zwanzig Jahre auf meinen Reisen in den Senegal begleitete, mir den Rücken freihielt, unsere afrikanischen Hunde liebte, unzählige Krabben aus auf den Strand gespülten, verknäuelten Netzen freischnitt und einen sterbenden Pelikan an ihren Brüsten hielt, fühle ich mich verpflichtet. Die meisten der Fotos wurden von ihr aufgenommen.

Meinem Herzen sehr nah sind schließlich auch die, die sich für AIDE GANDIOLE einsetzen, mit Ratschlägen, Architekturleistungen, Internet- und anderen Aktivitäten sowie großherzigen Spenden. „*Le bon Dieu voit tout*", sagen die Einheimischen.

Glossar

Al-Baqarah wörtlich „die Kuh“, zweite und längste Koransure. Sie enthält u. a. Bitten um Beistand gegen die Glaubensfeinde

Amadou Bamba 1850–1927, legendärer Begründer der Bruderschaft der Mouriden. Charismatischer Scheich, zeitweilig von den Franzosen verbannt. Wird als Heiliger verehrt

boubou rechteckiges weites Gewand für Frauen und Männer

boutiquier Ladenbesitzer oder -betreiber

campement Ferienanlage

Casamance tropische Region im Süden des Senegal und Fluss

clandestin illegal Reisender, oftmals ohne Papiere, Bezeichnung für Westafrikaner, die mit Booten oder über Land Europa zu erreichen versuchen

collège Mittelschule

coupe-coupe Machete, häufig von den Hirten seitlich unter dem Gewand getragen. Dient als Werkzeug, um Zweige zu schlagen, aber auch als Waffe (Schutz vor Schlangen)

drianke stattliche Frau, vielfach mit ausladendem Gesäß, die sich langsam bewegt, sorgfältig kleidet und aufmacht

Dschinn im Koran erwähnte Wesen, oft unsichtbar, greifen helfend oder schädigend ins Leben der Menschen ein. Sollen v. a. am frühen Nachmittag oder nach Mitternacht aktiv werden

fateye Teigtasche(n), häufig mit Spinat-, Fleisch- oder Fischfüllung

filao Strandkiefer

Fulbe ursprünglich nomadisierendes Hirtenvolk Westafrikas, das heute überwiegend sesshaft ist

galgo spanischer Windhund

gardien Wächter, versorgt manchmal auch Anwesen

graisseur Maschinist

gri-gri Amulett, um Hals, Arm oder Hüfte getragen, manchmal auch als Ring, soll vor dem bösen Blick, bösen Worten und anderer Unbill schützen

Joola Fährschiff, das zwischen Ziguinchor und Dakar verkehrte und am 26. September 2002 in stürmischer See unterging. Mehr als 2.000 Personen ertranken

khaima großes, über Pfosten errichtetes Zelt, oft innen mit Mustern

khaptal besondere Kraft; sie kann z. B. aus gri-gris erwachsen oder durch einen marabout verliehen sein

Marabout (1) religiöser (islamischer) Lehrer, (2) Seher und Heiler

pépinière Anzuchtbeet oder Samengarten

Piroge schlankes, offenes Boot, dessen Boden häufig aus dem Stamm eines Tropenbaums hergestellt wird; in Westafrika üblicherweise zum Fischen verwendet

promoteur Veranstalter, Schleuser

Saint-Louis vom Senegalfluss durchströmte, z. T. auf einer Flussinsel gelegene Stadt am Atlantik. Frühere Hauptstadt von Französisch-Westafrika, das „afrikanische Venedig“, UNESCO-Weltkulturerbe

terminale letzte Klasse des Gymnasiums

thiéboudienne senegalesisches Nationalgericht aus Reis, Fisch und Gemüse

Toubab weiße(r) Fremde(r)

tout-terrain allradgetriebenes Kraftfahrzeug

volontaire Freiwilliger

voyou Schlawiner, kleiner Bandit

Wolof ethnische Volksgruppe in Senegal, Gambia und Mauretanien, ihre Sprache heißt ebenfalls Wolof

yamba Cannabis

Afrika im A1 Verlag

Birgit Virnich
Ein Fahrrad für die Flussgötter
Reportagen aus Afrika

Mit einem Vorwort von Anne Will

224 Seiten, gebunden
mit zahlreichen Abbildungen
ISBN 978-3-940666-14-7

Die langjährige ARD-Afrika-Korrespondentin Birgit Virnich, deren Filme mehrfach ausgezeichnet wurden, hat ihre Erlebnisse und Beobachtungen während der Dreharbeiten in 19 Beiträgen festgehalten, spannend und einfühlsam zugleich. Sie erzählt von den schwierigen Lebensumständen vor allem an Beispielen junger Afrikaner, ihren Träumen und Hoffnungen, ihrem Willen, sich irgendwie durchzuschlagen … Eine anrührende „Tour d'Afrique", vom Sahel bis nach Südafrika, die ermuntert, sich eingehender mit diesem Kontinent zu befassen.
Roland Schmitt, ekz

A1 Verlag www.a1-verlag.de

1. Auflage 2015

www.a1-verlag.de

Satz: Kretschmann2, Bad Aibling
Litho: Kochan & Partner GmbH, München
Typographie, Umschlagentwurf und Gestaltung: Konturwerk, Herbert Woyke
Titelmotiv: „Der Mann an der Kurve", Foto von Christine Peccia
Druck und buchbinderische Verarbeitung: Friedrich Pustet, Regensburg
Papier Innenteil: 90 g/m² Werkdruck Munken Premium cream, geglättet 1,5-fach
Papier Schutzumschlag: 135 g/m² Bilderdruck hochglänzend weiß
Überzug: 120 g/m² f-color Feinleinen goldgelb von Schabert
Papier Vor- und Nachsatz: 120 g/m² Fly 02 spezialgeglättet von Schleipen
Gesetzt aus der 11,2/14,2 Punkt Minion Pro regular
Printed in Germany
ISBN 978-3-940666-64-2

Bildnachweis: Bernd Hansen (Seite 193 o., 194 u., 196, 197 o.), Jan-Henrik Hansen (Seite 186 o.), Christine Peccia (Seite 186 u., 187 u., 188, 189 o., 191 u., 192 o., 194 o., 195 u., 198, 199), Pape Sarr (Seite 187 o., 189 u., 190, 191 o., 192 u., 193 u., 195 o., 197 u.), Armin Seltz (Kartengrafik Vor- und Nachsatz, Seite 185)

Atlantischer
Ozean
Podor
Sénégal
Saint-Louis
Gandiole
Lac de
Guiers
Vallée du Ferlo
Louga
Thiès
Touba
DAKAR
Mbour
BANJUL
Gambia
GAMBIA
Kafountine
Casamance
Diogué
Elinkine
Ziguinchor
GUINEA-BISSAU